三谷幸喜のありふれた生活5

有頂天時代

三谷幸喜

朝日新聞社

三谷幸喜のありふれた生活5　有頂天時代・目次

僕　この本の語り手。脚本家。たまに映画を監督したり、舞台の演出も行う。家族の反対を押し切り、NHK大河ドラマで役者デビュー。しかしあまりの緊張に「本来の力を発揮出来ず（本人談）」、以後、俳優としての道を断念。

妻　女優業の傍ら、一切の家事を引き受けている。最近はエッセイストとしても活躍中。内容が夫のエッセイと重なることもあるが、夫よりも文章が上手で読みやすいというのが、もっぱらの評判。

おとっつあん　三谷家の老猫。このところボケが進行し始め、独り言も多い。満腹中枢に異常をきたしたのか、異常な食欲で、ほぼ一日台所にいる。

オシマンベ　もう一匹の老猫。こちらは年老いても意気盛ん。引き締まった表情は若い頃と一緒。最近はさすがに疲れやすいのか、一日のほとんどをベッドの上で過ごしている。

ホイ　元捨て猫。拾った時はガリガリで、絶対長生き出来ないと思われたが、今ではムチムチ。話し好きで、誰かれ構わずやたら話しかけるが、大半は意味不明。

とび　病弱な仔犬だった彼も六歳。人間でいえば、飼い主とほとんど変わらない年代。おっさんである。最近念願叶って、寝室で皆と一緒に寝かせてもらえるようになった。

装丁・挿画　和田誠

三谷幸喜のありふれた生活5　有頂天時代

今年の花粉にはお手上げだ

花粉症に関しては、僕は恐らく先駆者の部類に入るのではないか。こんなにメジャーになる遥か以前から、この季節になるとくしゃみが止まらなかった。既に二十年以上のキャリアである。そのパイオニアの僕が言うのだから間違いない。今年（二〇〇五年）の花粉の量は異常だ。

鼻水は、蛇口をひねったように流れ落ちる。くしゃみは短くて十連発。目は痒《かゆ》くて痒くて痒くて、いけないと分かっていながら自暴自棄になって掻《か》きむしり、その結果、瞼《まぶた》は寝起きのラクダのようにぱんぱんにはれ上がる。夜中も鼻が詰まったままなので、眠りは浅く、一晩中口を開けたままだから、のども痛める。まさに首から上の限定「満身創痍《まんしんそうい》」状態。頭を取り外して、食器洗い機で心ゆくまで洗浄したい気分だ。

とはいえ、これまで何も手は打っていなかった。根が楽観的なものだから、「まだまだ花粉は舞います」と天気予報で言われると、「ということはピークは先だからしばらくは大丈夫」と安心し、「来週がピークです」と言われると、「ということは、それを過ぎると楽になるのか」とほ

っとする。そうこうしているうちに夏になり、いつの間にか症状も治まっているというのが、例年のパターンだった。しかしいくら楽天家の僕でも、今年の花粉にはお手上げだ。

　周囲の人々に対処法を聞いてまわる。これだけ流行すると、皆さん花粉症には一家言あるようで、様々な対策を入手する。鼻うがいがいいとか、レンコン汁を鼻に塗るといいとか、とにかく表に出ないことだとか、一日三回風呂に入れとか、沖縄に行けとか。しかし、どれも実践するには骨が折れそうだ。プールに飛び込んだだけで鼻に水が入って頭がツーンと痛くなる僕には、とても鼻から水を飲んでうがいなど出来ない。あの汁っけのあまりなさそうなレンコンをどれだけ搾《しぼ》れば、ジュースになるというのか。

　とりあえず今は、病院で貰った薬を飲んでいる。相変わらずくしゃみは出るが、少なくとも夜は寝られるようになったので、それだけでも助かっている。

それにしても花粉症。まだその名前がポピュラーではなかった頃は、実態もあやふやで、威力も今ほどではなかったように思う。「花粉症」という名前が定着したあたりから、突然勢いづいてきたような気がするのだが、どうだろう。

名前がつくことで、そのこと自体が飛躍的に成長を遂げるケースはよくある。「オタク」がそうだった。彼らの自己主張は、その名前を持った瞬間から始まったと言ってもいいだろう。花粉症も同じような気がするのだ。誰なんだ、命名した奴は。「どうも春になるとくしゃみが出て、目が痒くなるんだよなあ」と漠然と思っていた頃が懐かしい。

名前といえば、今、注目しているのが「ニート」。仕事につかない若者たちのことを最近こう呼ぶらしい。彼らがこの名前を貰ったことで、今後どう社会にアピールしていくか、楽しみなところだ。花粉症と一緒にしたら、ちょっとかわいそうか。

「プロ・素人」コンビでラジオ

四月から、ラジオの番組を手掛けることになった。構成ではなく出演。清水ミチコさんと雑談するだけの、十五分ほどの番組だ。

僕の周囲の人々（妻や事務所の人間）は、僕がテレビやラジオに出ることをあまり喜ばない。妻には僕がテレビに出演する度に「またタレント気取りでいる」と言われる。もちろん僕自身、自分にタレント性があると思わない。当意即妙な会話も出来ないし、いるだけで面白いといった感じでもない。それでも時々出演する理由はただ一つ。未知の世界を体験してみたいという欲求だ。

例えば今、首相から外務大臣の依頼が来たら、たぶん僕は引き受けるだろう。国会議員だと、まず選挙に勝たなくてはいけないけど、大臣なら民間人でもなれるし。一度くらい立ってみたいじゃないですか、国際外交の表舞台。出来るか出来ないかは置いといて、経験としてやってみたい。僕がテレビに出るのは、つまりはそれと同じことだ。要は「思い出作り」なのである（ただし「思い出作り」で外務大臣やられても、国民の皆さんは困るだけなので、これを読んでも総理は決して僕に声を掛けないで下さい）。

今回のラジオ出演も同様。決して自分にはパーソナリティーとしての才能があるとは思えないけど、ラジオで毎週喋《しゃべ》るということを体験してみたかったので、引き受けた。プライベートでさえ口数の少ない人間が、ラジオで果たして話せるのか。

パートナーが清水ミチコさんというのも、やってみようと思った理由の一つ。いくらなんでも僕一人では無謀過ぎる。その点、彼女はその道のプロである。

ミチコさんはデビューした頃、永六輔さんに「君は芸はプロだが、考え方がアマチュアだ」と言われたそうだ。今の彼女は、芸に関してはさらに磨きをかけ（最近出た物まねのCDは絶品です）、そしてアマチュアの部分については、いい意味で今も大切にしているように思える。

主婦でもあるミチコさんは、一般人としての感覚を決して忘れず、芸能界を常に一歩離れたところから見ている。見ようによっては「いつまでも素人臭い」と映るかも知れないが、彼女の良さはまさにその「素人臭さ」にある。言い方を換えれば、これほど腕を持った素人はいないのだから。

一方僕は脚本家。構成作家でもあるわけで、つまりプロの考え方をするタイプだ。そして話術も芸のうちだから、その意味では「芸はアマチュア」。つまりミチコさんとは対極にいる人間だ。ということは、僕とミチコさんのコンビは、「プロの芸」と「プロの考え方」がタッグを組むわけで、これは最強ではないか、と思った次第だ。

もっとも考え方によっては「アマチュアの考え方」と「アマチュアの芸」が組んだとも言えるわけで。そっちだと最悪。この勝負、一体どう転ぶか。

宣伝になるとイヤラシイので、番組名や放送時間をお知らせするのは、控えます。興味のある方は探してみて下さい。

とびが嚙まれた！　大出血

夕方、近所の公園にとびと散歩に行った。前方から白髪交じりの無精ひげのオヤジが、ゴールデンレトリーバーを連れてやって来た。犬もオヤジも見覚えのない顔だった。すれ違いざま、突如、その犬がとびに襲い掛かった。もともととびは闘争心のない犬である。滅多に喧嘩はしないのだが、いきなり吼《ほ》えられたので、びっくりしたようだった。たちまちとっくみ合いが始まる。

慌ててとびのリードを引いた。オヤジは放任主義なのか、ニヤニヤしながら見ているだけ。とびが左耳を嚙まれ悲鳴をあげた。力ずくで引き離す。散歩中の犬同士のバトルは珍しいことではない。どっちが悪いではなく、大抵は飼い主同士がお互いに謝って別れる。だがそのオヤジは、僕が「ごめんなさい」と頭を下げても、何も答えずに、無言のまま去って行った。「そっちが先に仕掛けて来たくせに」と、小声で文句を言い、僕はとびと反対方向に歩き出した。その時だ。地面に赤い斑点が散乱しているのが目に入った。見るととびの左耳から血がポタポタ滴《したた》っている。

思わず傷口を手で押さえた。あっという間に僕の両手は真っ赤に染まった。とびはきょとんと

した顔で、自分の耳から落ちる血のしずくを不思議そうに眺めている。痛みは感じていないようだ。オヤジを追いかけて文句を言ってやろうかとも思ったが、今はけがの治療が先決だと判断。

妻に携帯で電話し、状況を説明した。消毒液を持って玄関先で待っているように告げ、僕はとびを抱えて走り出した。人間、いざとなったらとんでもない力が出るものだ。三十二キロのとびを抱いて全力で走る。体中血まみれ。どうにでもなれといった気分だった。とびは、飼い主に漲《みなぎ》る緊迫感に、ただならぬ気配を感じたようだ。何か自分がとんでもないことをしでかしてしまったと思ったのか、僕の腕の中でシュンとなっていた。

この光景、何か見覚えがあると、走りながら思った。そうだ、映画「クレイマー、クレイマー」で似たシーンがあった。あの時ダスティン・ホフマンが抱えていたのは、人間の子供だったが。あの子役の名前は？　なぜかそんなことを考えながら、僕はひたすら走り続けた。

だが火事場の馬鹿力にも限界があった。家の前、百メートルほどで力尽きた。とびを地面に下ろし、申し訳ないが、あとは自力で走ってもらうことにした。僕の手はとびの耳を押さえたまま。必然的に彼は後ろ脚で立って走ることになった。これ以上飼い主に迷惑を掛けてはいけないと思ったようで、とびは懸命に立って走った。

家の前では妻が不安そうに待っていた。僕らの状態が想像以上に凄かったのだろう。顔色が一瞬にして青ざめるのが分かった。

到着すると、とびは耳から流れる血が気になったのか、ブルブルと顔を左右に振った。血が周囲に飛び散る。僕らは同時に「うわっ」と顔をそむけた。血しぶきをもろに浴びた僕と妻は、まるで金田一映画の犯人のような形相でその場に立ちつくした。（続く）

とびの大けが、その後も大変

公園で出合い頭に見知らぬ犬に耳を噛まれたとび。家に連れ帰っても、傷口からはポタリポタリと、まるでパッキンの緩んだ水道の蛇口のように、血が滴り落ちていた。

妻がスプレー式の消毒液を傷口に吹き掛けると、とびは猛烈な勢いで顔を左右に振った。その度に周囲に血が飛び散り、しぶきをもろに浴びた僕らは、身も凍るような形相になった。血が止まらないので、病院に連れて行くことにする。いつになく従順なとびを車の後部座席に乗せる。車内を汚さないよう、タオルでしっかり耳を押さえた。僕ととびは、しょっちゅう座席を汚して妻に叱られているので（僕は食べ物をこぼして、とびは涎《よだれ》を垂らして）、座席に血が付かないように注意する。ふとタオルを見ると、血が付いていない。「やっと止まったみたいだよ」と運転席の妻に報告した。振り返った妻が叫んだ。

「それ、反対の耳じゃないっ」

いつの間にか、逆の耳を押さえていた。見ると座席には血痕が点々。僕ととびは（まずい）と顔を見合わせたが、非常時なので妻も大目に見てくれたようだ。彼女は黙って車を発進させた。

　病院で治療を受けている間も、とびはおとなしかった。痛くないんでしょうか、と先生に聞くと、「たぶん何が起こったのかも分かっていないんじゃないかな」とあっさり言われた。とは言っても犬は、人間以上に空気を察する生き物だ。診察台の上で、終始神妙にしているとびが、健気《けなげ》でしょうがなかった。

　噛まれた跡は、耳を貫通していた。ピアスをはめられそうな見事な穴だった。裏表で合計四針縫った。先生が言うには、貫通してラッキーだったらしい。風通しがいいので、中で膿むことがないからだ。大量に血が出たのも、それによって菌が洗い流されたので、むしろ良かったようだ。
　犬を飼うことが、楽しいことばかりではないという現実は、入退院を繰り返していたとびの仔犬《こいぬ》時代で充分理解していたつもりだが、今回もかなりの衝撃だった。

帰宅すると、とびは精神的な疲れからか、自らケージに入って眠ってしまった。僕らにはまだ仕事が残っている。玄関から庭、表の道に付着した血の掃除。これが信じられないほどの大仕事だった。

今まで「古畑任三郎」で何度となく犯人が殺人現場の血痕を拭き取るシーンを書いてきたが、これほど骨の折れる作業とは思わなかった。雑巾で拭き取るだけではダメ。水で洗い流すのが一番だ。しかしいくら洗っても、周囲だけが赤い輪のようになってうっすら残る。それを丹念に一つずつこすり取っていくのだ。そして完全に消したと思っても、必ずまだどこかに残っているのだ、血痕という奴は。今度殺人のシーンを書く時は、かなりリアリティーが増すと思うので、どうぞお楽しみに。

ちなみに妻は手を洗う時、なかなか血の臭《にお》いが落ちずに、「マクベス夫人の気持ちがよく分かった」そうだ。いずれ彼女が演じる日が来たら、きっと鬼気迫る夫人になることでしょう。

料理はプラモデルの楽しさ

正式発表の前なので詳しくは書けませんが、今は、来年（二〇〇六年）のお正月あたりに放送を予定しているスペシャルドラマのホンを執筆中。それも二本並行して。頭の中は結構シッチャカメッチャカ。

煮詰まった時には台所に立つことにしている。始めたのは結婚してからだから、料理歴は九年。以前は遊び半分だったのが、ここに来て俄然《がぜん》本格的になってきている。今や完全に「趣味は料理」だ。

どこが本格的になったか。まずレシピ通りに作るという点だ。かつては、料理番組でおいしそうなものをやっていたら、メモを取らずに、自分流に再現していた。つまりはその程度の興味だった。今は違う。まずビデオをセットして録画ボタンを押す。そしてゆっくり見直しながら、レシピをメモする。限りなく「その通りに作る」のが、最近のポリシーなのである。

理由は簡単。レシピに沿って作ると間違いなくおいしいからだ。それに気づいたのが一年ほど

前。思えば遠回りをしたものだ。以来、材料や調味料も本に書いてあるものはなるべく揃えるようにしている。分量もきちんと量る。煮る時間、焼く時間もちゃんとタイマーで計る。書いてある通りに作る楽しさ。これは間違いなく、子供の時に作っていたプラモデルの楽しさと同じである。それに気づいたのが半年前。設計図を見ながら部品を一つずつ接着剤でくっつけていく、あの緊張感と高揚感を、僕は料理作りに感じる。

　このところ、妻も僕も一日家にいることが多い。妻だけに三食作ってもらうのは、どうにも申し訳なく、たまに昼食、稀《まれ》に夕食を担当させて貰うことにしている。

　実を言うと彼女は、僕にあまりキッチンに立って欲しくない。言葉にはしないが、それくらい分かる。僕が立つと、床がやけに汚れるし、食器や調理器具を元の場所に戻さないからだ。でもこっちにしてみれば仕事が煮詰まった時の気分転換も兼ねているので、そこは我慢して頂くしかない。

プラモデルの場合、部品が多くて設計図が複雑なほど、作り甲斐がある。それは料理も同じだ。必然的に僕が作るものは、手順が面倒なものばかりになってくる。ダシから作る塩ラーメンとか、ジャガイモを蒸すところから始める手作りニョッキとか。味付け卵一つをとっても、作るからには本格的な味付け卵にしたい。中華料理の本を買ってきて作り方を調べる。そして紹興酒や、聞いたことのない漢方薬のような香辛料を、近くのスーパーに買いに行く。

一方、妻はプロの主婦でもあるわけで、そんな彼女にとって家庭料理とは「安い、簡単、おいしい」。夫の作るやけに凝った料理には、おいしいとは言ってくれても、両手《もろて》を挙げての歓迎はしてくれない。味は悪くはないが、材料費が高いし、なによりやたら手間が掛かるのが、彼女には許せないのだろう。

僕がレシピ通りに作った会心の「豚の生姜焼き」を一口食べた妻は、タレの中にすり下ろした林檎を発見して「ああ、主婦はこんな手の込んだことは絶対にしない」と感心しつつも、呆《あき》れていました。

胸躍る顔ぶれでカラオケを

平井堅さんとテレビで対談をさせてもらったのがきっかけで、カラオケをやるので来ませんか、とお誘いを受けた。夜遊びの習慣はないが、ミュージシャンが沢山《たくさん》来るというので、ちょっと興味を引かれ、行ってみることにした。

その高級カラオケ店は個室の奥にジャグジーが付いている摩訶不思議《まかふしぎ》なところだった。平井さんにとっても、こういう会を企画するのは珍しいそうで、前日は緊張のあまり眠れなかったという。

なにしろ出席者が凄い。清水ミチコさん。椎名林檎さん、一青窈さん、山口智充さん、クリスタル・ケイさん、ソッフェの二人、他にも総勢二十人近く。

まるで「ミュージックフェア」ではないか。この人たちの歌をナマで聴けると思うと、席についた瞬間から胸が躍った。だがそこにいる以上は自分も歌わなければならない。ここは早めに片付けておこうと、座が温まる前に「ロマンスの神様」を原キーで披露。固まった空気を感じつつ、あとは心置きなく聴衆に徹する。

森山直太朗になり切った平井堅さんと、森山良子役の清水ミチコさんによる「さくら（独唱）」のデュエットで、会は本格的に幕を開けた。平井さんは歌の合間に「爽健美茶ぁぁ」のフレーズを入れるのを忘れなかった（もちろん直太朗さんが歌うＣＭソング）、ミチコさんは歌詞の中に、良子お母さんのヒット曲の一節「ざわわ、ざわわ」を適度に交ぜて笑わせてくれた。

日本を代表するエンターテイナーぐっさんこと山口智充さん。特にミチコさんとのダブル清志郎による「スローバラード」は絶品。
持ち歌コーナーでは、一青窈さんの「もらい泣き」をわずか一メートルの距離で聴くことが出来た。ここにもミチコさんが加わり、モノマネ番組の「突然背後から本人が登場するシーン」を再現。ことさら手をひらひら上下させ、自分自身のモノマネを淡々とやる一青窈さんは、素晴らしくチャーミングだった。

そして椎名林檎さん。彼女の歌う松田聖子も良かったが、感動したのは、退廃的なパブリックイメージとはかけ離れた彼女の人柄だ。歌が終わると、必ず最初に温かい一言を投げかけるのは林檎さん。「この歌、私大好きなんです」とか「素敵。オリジナルよりいい」とか。僕の「ロマンスの神様」にさえ、「歌と声が合ってますよね」とフォローしてくれた。もちろん大ファンになりました。

部屋にはジャグジーとセットでバスローブが用意してあり、皆ノリノリで、それを着て歌った。そこにはカラオケには付きものの、「ここは一つうまく歌って、いいところを見せよう」という、邪念みたいなものが一切なかった。そこに集まった人たちは、誰もが純粋に、心から歌うことが好きだった。彼らはまさに「プロ」だった。なんだか無性に嬉しかった。

七万円出しても惜しくないショーをかぶりつきで見せて貰った気分でした。平井さんありがとう。

次の日、早速HMVに行って椎名林檎さんのCDを買いました。

ぼんやり、うっかりの日々

ラジオの収録で二週間に一度局に通っている。その建物は警備が厳しくて、入構証がないと入れない。それもセンサー方式。入構時に入り口に設置してある機械に自分の写真入りのカードをかざす。すると自動的にゲートが開くシステムだ。

そんなにややこしいものではないが、実はまだ一度も僕は、このゲートをスムーズに通過したことがない。カードがなければ開かないことは覚えていても、どこにかざせばいいかを忘れてしまうのだ。

機械には「カードを提示して下さい」というプレートが貼ってある。それはただのプラスチックの板なんだけど、ちょうどカードと同じ大きさなので、ついそっちに提示してしまうのだ。実際はセンサーはその下。だからいくらかざしてもゲートは開かない。はっきり言ってこれは非常に恥ずかしい間違いであり、例えて言うなら、自動販売機でジュースを買おうとお金を入れて、ガラスの中の見本を必死に押しているような、そんな間抜けさだ。開かないゲートを見て、ようやくかざす場所を間違えたことに気づく。

自己弁護させてもらうなら、これが毎日使うものならきっと忘れないのだ。間が十三日あるのがネックなのだ。しかし、これだけ続くと、自分には学習能力がないのかと、ほとほと呆れる。そして間違いを犯す度に、自分の脳みそがどんどん小さくなってきているような不安に襲われる。

そうなんです。普段からぼおーっとした性格ではあったが、最近とみにその「ぼおーっと度」が高くなってきているのだ。考えたくもないが、これも歳のせいなのか。

例えば皆さんはこんな経験がありますか。僕だけだとしたら、これはちょっと問題だ。

お風呂のお湯をため、そろそろいいかなと思って服を脱いでバスルームに入ると、浴槽は空。栓をするのを忘れている。今まで三回ほどありました。
朝、出掛ける時に妻から生ゴミを捨てるように頼まれ、ゴミ袋を持って出る。家を出て三十秒

後にそのことを忘れ、そのままゴミ集積場を通過、駅のホームで初めて荷物が一つ多いことに気づく。

もう五年も今の家に住んでいるのに、最近になって新しい電気のスイッチを発見する。

我が家には猫三匹と犬が一匹いるが、その中の一匹を呼ぶ時、必ず他の三匹の名前が先に出る。「おとっつあん、オッシー、ホイちゃん、とび、何食べてるんだ、出しなさい」。もちろんこの場合、ティッシュペーパーを食べているのはとびであって、あとの三匹は濡《ぬ》れ衣《ぎぬ》。

朝シャワーを浴び、シャンプーで頭を洗い、シャンプーをすすぎ、リンスをして、リンスをすすぐのを忘れる。お昼頃、ふと頭を掻いてみたら手がべっとり。一瞬、頭蓋骨から何かが滲《にじ》み出たかと焦るが、匂《にお》いを嗅《か》いでそれがリンスと分かる。髪はやけにサラサラだが心はブルー。ああ、でもこれは、学生の頃からやっていたな。そう考えると、やっぱり僕はもともとボケているということか（歳のせいでないなら、まあいいか）。

妻通じて「漱石先生」身近に

夕方ジムから帰宅すると、妻が浴衣で出迎えてくれた。彼女は夏に舞台で夏目漱石の奥さんを演じる予定。今は必死に台詞を覚えている最中だ。座っているよりは歩きながら、洋服でいるよりは和服の方が、より気分が出るらしい。

漱石夫人の名は鏡子さんという。夏目先生と僕を同じ土俵に上げるのは大変おこがましいが、妻と鏡子さんの間には（それでキャスティングされたのではないと思うが）、物を書く人間と結婚したという共通点がある。

妻はこのところ雑誌の取材で、「ご主人と夏目漱石が似ているところは？」とよく聞かれるらしい。

その度に妻は答えに窮する。当たり前だ。片や明治の文豪。片や現代のコメディー作家。字を書いてお金を貰っているという点では同じかも知れないが、あまりに差がありすぎる。白のストライプというだけでシマウマと横断歩道を比べ、それ以外の共通点を挙げろと言われているようなものだ。妻は悩んだ揚げ句、こう答えるようにしているらしい。「そうですね、結構神経質なところと、あまり親類付き合いをしないところでしょうか」

夏目漱石……。僕は文学青年ではなく、人生で一番本を読んでいた青春時代は、どっぷり海外ミステリーにはまっていた。お恥ずかしい話だが、漱石は一冊もきちんと読んだことがない。顔だけは小学校低学年から人名事典で知っていて、漱石と野口英世と「連想ゲーム」の加藤芳郎白組キャプテンは、よく似ているなあと幼心に思っていたのを覚えている。

このところ妻は、漱石関係の資料を読み漁《あさ》っている。ある時、いいものを見つけたよと、彼女が一冊の本を持ってきた。そこには漱石が残した書簡が紹介されていた。妻が読み上げてくれたのは、芥川龍之介宛に書いた手紙の一節。そこには芥川の「鼻」を読んだ感想が書いてあった。「大変面白いと思ひます。落着があつて巫山戯《ふざけ》てゐなくつて自然其儘《そのまま》の可笑味《おかしみ》がおつとり出てゐる所に上品な趣があります」。漱石は、世間からたとえ相手にされなくても気にせずに頑張りなさいと励まし、「群衆は眼中に置かない方が身体の薬です」とアドバイスしていた。

僕が「新選組！」でバッシングを受けて落ち込んでいた時、一番心配していたのは妻だった。「ね、漱石先生も言ってるでしょ。だからこれからも群衆は眼中に置かないように」と彼女は言って自分の部屋へ戻って行った。

まさか漱石先生に励まされるとは。彼の言葉は自分に投げかけられたものではないのに、妙に心に響いた。僕でさえこうなんだから、芥川さんはさぞ勇気づけられたことでしょう。

それ以来、この明治の文豪がやけに身近な存在に思えてならない。妻が夫人を演じることもあり、なんだか僕と彼とは、かつて一人の女性を取り合った仲みたいな気分だ。かなりの親近感。

そんなわけで、今の仕事が一段落ついたら、とりあえず『坊っちゃん』から読んでみようかと思っている。

「お水がぶ飲み健康法」実践中

ジム通いは続いているが、普段、これといって健康に気を使っているわけではない。人と競い合うのが苦手なのでスポーツはやらないし、忘れっぽい性格なので、サプリメントを飲む習慣もない。とはいえ、四十歳を過ぎたあたりから、日一日と身体が衰えていくのは感じていた。一番顕著なのは徹夜が出来なくなった。放送作家になりたての二十代前半は、テレビ局の会議室で朝まで原稿を書いて、それが三日続いてもまったく平気だった。今は違う。夜を徹して台本を書き上げると、次の日は一日中寝ているし、その次の日は半日ぼーっとしている。三日目から少しずつ生気が戻ってくるが、完全に身体が復帰するのは翌々週だ。

とびと散歩をしていると、突然大雨が降り出し、全力疾走で家に帰った。体力の衰えをはっきりと知ったのはその時だ。そういえば大人って全力疾走しないよなあと、全力疾走しながら思った。そしてあまりにスピードが出ないので唖然《あぜん》となった。周囲の景色がビュンビュン流れていくイメージがあったのに、全然流れていない。にもかかわらず足がもつれる。そして息だけは信じ

られないほど切れた。
お酒と煙草をやらないので、かろうじて健康体を保ってはいるが、真剣に考えないといけない時が遂に来たのだ。
そんな矢先、近所のクレープ屋のご主人（僕と同い歳）から、水を飲むといいよと勧められた。水で身体の中の毒素を洗い出す。彼が言うには、それが健康には一番らしいのだ。水を飲むだけで元気になる——なんと僕に相応《ふさわ》しい健康法だろうか。ただし並の量ではない。一日六リットル。大きめのペットボトル三本だ。ちなみに水道水では駄目らしい。コンビニで売っているミネラルウオーター。
それ以来、水浸りの毎日が続いている。今日で三週目。六リットルと聞いた時は驚いたけど、やってみると案外飲めない量ではなかった。もちろん一度には無理なので、家で仕事をしている時は一日中ペットボトルを持ち歩いて、ちびちびやっている。

実践して分かったことをいくつか。冷蔵庫で冷やした水は大量には飲めないが、常温だと比較的飲みやすい。コップに移して飲むよりラッパ飲みの方が一度に沢山飲める。ペットボトルの底に残った水は、少なそうに見えても結構あるので、一気に飲み干そうとすると、大抵口から溢《あふ》れ出るので注意。そして一番の発見は、大量の水を飲むと大量の尿が出るということ。十分置きに尿意を催す。これは辛《つら》い。まるでCMでぶつ切れになった映画のような生活。うちはバスルームとトイレが繋《つな》がっていて、妻がお風呂に入っている間はトイレは我慢することにしていたのだが、この間は入浴中に三回もお邪魔してしまいました。

まあ、楽して健康になろうというわけだから、それくらいの苦労はあってもいいとは思っている。健康になったかどうかはまだ分からないけど、妻からは、「最近やけに肌つやがいい」と言われた。お水がぶ飲み健康法。もう少し試してみます。

とび五歳、大人になりました

飼い犬のとびは五歳の誕生日を過ぎた直後から、突然、大人になった。物腰が落ち着いてきたし、聞き分けもよくなった。興奮した時に見せる、顔面を引きつらせて笑うあの不気味な表情もめっきりしなくなった。妻に話すと、彼女も同じように感じていたようだ。間違いなく、とびは一皮剝《む》けたのである。やはり年月は犬をも成長させるのだ。あれだけ世話を焼かせた、傍若無人を絵に描いたような仔犬も、今では立派な成犬だ。

遠い昔、言うことを聞かないので飼ったことを後悔しかけた頃、散歩で知り合った犬仲間のご主人に「いつの日か、この犬を飼うようになって良かったと思う時が、必ず来ますよ」と言われたのを思い出す。その時が来たのだ。とびのお陰で、僕ら夫婦がどれだけ安らぎを与えられていることか。犬と戯《たわむ》れている時が、一日のうちでもっとも寛《くつろ》げる瞬間だと、自信を持って言える日が来るとは、思ってもいなかった。

とびは、人間の言葉をもうほとんど理解しているようだ。「ちょっと来てごらん。頭に何かくっついているよ。顔を見せてみ。くるっと回って。葉っぱだった。取ってあげる。座って。はい取れた」といった会話がごく普通に交わされる（会話といっても喋っているのは僕だけだが）。幼稚園児程度の知能はあるようだ。違うのは、取ってあげた葉っぱを最後に食べてしまうことくらいか。

五歳になった記念に、とびの願いを一つだけかなえてあげようと思った。彼が今一番したいことは何か、彼の気持ちになって考えてみる。

とびは、寝室に入ってはいけないことになっている。仔犬時代に一度ベッドに飛び乗り、背面をすりつけてシーツを抜け毛だらけにしたからだ。それにいくら温和とはいえ体重は三十キロ。それが寝ている僕らの上に飛び乗ってくると思うと、ちょっとした恐怖だ。そんなわけで、かわいそうだが、夜はドアを閉めて入れないようにしている。猫は寝室もＯＫなので、とびだけが一人ぼっちで寝ることになる。猫を連れて寝室へ向かう時、彼はいつも淋しそうに見送る。

きっと一緒に寝たいんだろうなと、いつも感じていた。妻が仕事で地方へ行った日の夜、内緒でとびを寝室へ入れてやった。

大人になったとびは、この粋な振る舞いに感謝し、その夜はおとなしくベッドの脇で眠り、朝になると、ご主人様の顔を優しく舐《な》めて夜が明けたことを知らせた——と、そんな物語をイメージしていた。しかし実際は寝室に入るや、彼は一目散にベッドに飛び乗り、そして背面スリスリを開始した。「やめろっ」と力ずくでベッドから下ろし、床で寝るように命じる。素直に従うのを見て、こいつも成長したなと思ったら、スタンドの電気を消した瞬間、奴は再びベッドに飛び乗り、そして僕の胸を思い切り踏んづけた。それから執拗《しつよう》な顔面ベロ舐め攻撃。そして再び背面スリスリ。とても眠れたものではなかった。

五分でとびは寝室から出された。後に残ったのは胸の痛みと毛だらけのシーツ。完全に時期尚早。

独裁者の内面と周辺に興味

まもなく公開の映画「ヒトラー～最期の12日間～」は、「ベルリン・天使の詩」で天使を演じたブルーノ・ガンツがなんとアドルフ・ヒトラーを演じている。

最初にこの稀代《きたい》の独裁者のことを知ったのは、小学生の時、水木しげるさんの漫画「劇画ヒットラー」に出会ったのがきっかけ。それ以来、ヒトラーに関する書物はずいぶん読んだ。彼を描いた映像作品もほとんど観ている。アレック・ギネス主演「アドルフ・ヒトラー最後の10日間」は廃盤ビデオ屋で手に入れた。レクター博士ことアンソニー・ホプキンスがヒトラーを演じた「THE BUNKER」という作品もあった（日本未公開）。最近ではロバート・カーライル主演の若き日のヒトラーの物語（「覚醒」）も力作。

なぜこんなにヒトラーに関心があるのだろう。一つにはあの顔。これほど真似しやすい歴史上の人物は他にはいない。なにしろちょび髭《ひげ》さえ付ければ、即席ヒトラーの出来上がりだ。

顔に特徴があり過ぎるがゆえにこの独裁者は、どんな名優が演じても、観客に「似てる似てな

い」の次元で判断されてしまう。ギネスもホプキンスもガンツも、迫真の演技だが、出て来た瞬間に僕らが感じる「わっ似てる」は、モノマネ芸人ホリさんの「テリー伊藤」を見た時と同じときめきである。

彼が生まれながらの独裁者ではないということも、僕の関心を引く理由の一つだ。若きヒトラーは、水木先生がまるでねずみ男みたいに描くほどの、貧乏な絵描きだった。そんな彼が、やがては世界を敵に回す、人類史上最大の悪役に上り詰める。

今回のガンツ版はヒトラーの人間的苦悩を生々しく描いている。このヒトラーはとてもリアルだし、哀れで悲しい。類を見ない大量殺戮《さつりく》を繰り返した大悪人を、一人の「人間」として描くことに抵抗を感じる人はいるだろう。でもヒトラーも、自分たちと同じ血の通った人間だったという見方には、ひょっとしたら自分だって同じことをしていたかもしれないという怖さがある。そして忘れてはならないのは、そのヒトラーを国の指導者にまで押し上げたのも、僕らと同じ普通の人たちだったということ。決してヒトラーとあの時代を特別扱いすべきではないと思うのだ。僕が書いていてもきっとそんな風に描くはずだ。

もう一つ、ヒトラーの取り巻きに濃いキャラクターが多いのも、脚本家の心をくすぐる要素。ゲッベルス、ヘス、ゲーリング、ヒムラー、シュペーア。皆、キャラも立っている。そして彼らもまた、かつてはごく普通の人たち。悪名高い親衛隊の長官ヒムラーは、元は肥料の研究をしていた若者だ。

それにしても、同じちょび髭のもう一人の世界的有名人チャプリンが、ヒトラーと同じ年の同じ月に生まれているという事実。ヒトラーの全盛期に、彼をコメディーで真っ向から茶化《ちゃか》したその勇気は、ただ事ではない。そして数十年にわたってヒトラーをコケにし、馬鹿にし続けているユダヤ系のコメディー作家メル・ブルックスも、相当骨のある男と僕は見ている。

温かくておいしい東北の旅

妻は一見、チャキチャキの江戸っ子風だが、実は両親とも東北の出身だ。結婚十年目にして初めて、その実家のお墓参りに行った。妻と義母との三人旅。まずは岩手の義父の故郷を訪ねる。先祖代々のお墓の前で手を合わせ、その後に秋田の義母の実家へ向かった。

移動の車は、初めて会う妻のいとこが運転してくれた。義母は普段は標準語を話すが、車内における彼との会話は、完全なネイティブ東北弁。ほとんど会話の内容は分からなかった。こちらの人は本当に語尾に「だべ」を付けるんだなと、妙なところに感心した。

東北といっても新幹線で三時間。それほど遠くまで来たという印象はなかったが、義母の生まれ育った村は、今にも金田一耕助が自転車で現れそうな風景に囲まれていた。最近映画のロケハンが続いていたので、村に入った瞬間「僕が『八つ墓村』を映画化する時は、『祟《たた》りじゃあ』の老婆が出て来るシーンはこの道で撮ろう」と反射的に考えてしまった。

初めて会う親戚の皆さん。その日の夕食会は九州人の家庭に育った僕にとって、まさにカルチ

ャーショックだった。なんという静かな人たち。親戚が集まると全員が一斉に喋り出して収拾がつかなくなる、そんなハイテンションな環境に育った僕には、それは信じられないほどのサイレントワールドだった。その人たちは一つの話題を皆で語り合っていた。九州人にとってはそれだけで新鮮だった。なにしろ我が家では、親戚が集まっての食事会といえば、常時三つか四つの話題が頭の上を飛び交っていたから。

妻の親戚は、押し付けがましくなく、控えめで謙虚な人たちだった。そして妻と血が繋がっている人も、そうでない人も、どういうわけか、皆、妻に顔が似ていた。十年後の妻、二十年後三十年後の妻、性転換した妻たちに囲まれて、自分だけ異質の顔をしているのが、無性に恥ずかしかった。

食卓には採れたての野菜が所狭しと並んでいた。アスパラに椎茸《しいたけ》にぜんまいに蕨《わらび》。どれもこれも今まで食べてきたものとは似て非なる味わいだ。蕨がこんな甘いものだったとは。名前を聞いたけど忘れてしまった山菜二種。土臭いというのがおいしいことだと初めて知った。口に入れる度に、子供の頃に野原を走り回って、こけて草むらに顔をうずめた日のことが蘇《よみがえ》る。そして忘れてならない「いぶりがっこ」（沢庵《たくあん》の燻製《くんせい》）。この秋田名物には人の理性を狂わせる何かがあるようだ。ポリポリポリポリと、結局、大根一本分は食べたような気がする。

静かな人々の温かいおもてなしと、素朴だけど極めて健康的な食事は、たった一晩で、僕の心と身体を浄化してくれた。滞在は一日だったが、ひと月はこっちで暮らしてもいいなと思った。妻に話すと「ジャンクフード好きのあなたには無理」と軽くいなされた。

次は妻を連れて九州の親戚巡りをしようと思っている。普通に喋っていても喧嘩しているように聞こえる南国の人々。妻には僕以上のカルチャーショックが待ち受けているはずだ。

「まんず」心通う、言葉と一芸

妻の秋田の親戚を訪ねる。初めて触れる生の東北弁。

普通に喋っていても怒っているように聞こえる博多弁に対して、東北の人たちは、まるで囁《ささや》くように話すのが特徴だ。これでは、怒っていても謝っているようにしか聞こえないのではないか、と心配になるくらい穏やかだ。

頻繁に耳にする「まんず、すかたねえことで」というフレーズは、たいてい英語で言うところの「Thank you very much」の意味。「すかたねえ」が「Thank you」で、「まんず」が「very much」。半日、秋田の人々と一緒にいただけで、何度この言葉を耳にしたことだろうか。本当に礼儀正しい皆さん。ただし、それが正確には「すかたねえ」なのか「すがたねえ」なのか、はたまた「すがだねえ」なのかは、何度聞いても、僕の耳では判断出来なかった。

ご飯のお代わりをよそってもらった時、僕も試しにそのフレーズを口にしてみた。「すかたねえ」にも「すがたねえ」にも「すがだねえ」にも聞こえる曖昧な発音で。するとそれまで静かだ

った食卓が、突如爆笑に包まれた。予想以上の反応。どうやら、よそから来た人間がいきなり現地の言葉を発するというのは、こっちが想像する以上に、地元の人々にとって楽しいことらしい。あまりに評判がいいので、その後も調子に乗って、お醤油を取ってもらっては「すかたねえ」、お茶を注いでもらっては「すかたねえ」とやたら連発。それを言いたいばかりに、もう一杯ご飯もお代わりした。その度に皆さんは、手を叩いて喜んでくれた。

　ちなみに英語で言うところの「a little」はこの地方では「びゃっこ」である。これも耳に残るフレーズだ。もちろん使わせて頂きました。ご飯もう一杯いかがですか、と聞かれて「びゃっこで結構ですから、まんず、すかたねえことで」と答えた。ちなみにこの地方では、車を車庫入れする時、誘導する人が大声で「びゃっこバック、びゃっこバック」と言うらしい。いかしている。

現地の人々とコミュニケーションを図るには、地元の言葉を喋るのが一番だ。仕事で海外に行った時も、出来るだけその国の言葉を使うようにしている。日常会話は無理だが、アメリカでもドイツでもロシアでも、その国の言葉でジョークを丸暗記した。それだけでも、心を通い合わせるきっかけにはなるように思う。

きっかけといえば、秋田の人々と食事会の席でのこと。一匹のハエが迷い込んで、皆が煩わしい思いをしていた時、僕はサッと手を伸ばし、素手で飛んでいるハエを捕まえてみせた。運動は苦手でも、どういうわけか昔から動体視力が発達していた。妻の親戚たちは呆然《ぼうぜん》と僕を見つめていたが、やがて大きな拍手が。「どうやら、こいつは柔な都会っ子じゃねえぞ」みたいな空気になったのが分かった。それは、僕と地元の皆さんとの距離がグンと近づいた瞬間だったような気がする。

つまり異文化との交流に欠かせないのは、言葉と一芸ということ。

パソコンがウイルスに感染！

さっぱり訳が分からない。

僕は原稿はパソコンを使って書いている。その前はワープロだったが、「新選組！」から移行した。とはいえ、僕がパソコンのお世話になるのは、原稿を書く時くらい。メールも仕事以外ではほとんどしないし、ホームページもめったに見ない。

パソコンが普及し始めた時、その機能をまったく知らなかった僕は、どうせあんなもん、二、三年ですたれるだろうと思っていた。ぶら下がり健康器と同レベルに考えていたわけだ。

パソコンが便利なのは分かるが、便利さの裏には、何か想像もつかない落とし穴が隠されているように思えてならない。電動式自転車も、確かにスピードは出るけど、遠出した先で充電が切れた時の哀しさといったらなかったし。

そんなわけでパソコンには、あえて距離を置くようにしている。そんな僕だから、今回自分の身に起きた事件は、最初から最後まで何が何だかさっぱりなのである。

ある時、パソコンを開くとメールの「受信」のところに、見覚えのないアドレスを見つけた。知り合いに聞いたら、それはウイルスだから開かずに削除するようにとのこと。ウイルスのことは噂《うわさ》には聞いていたが、まさか僕のところに来るとは思わなかったのでびっくり。むしろ一人前の男として世間に認められたような気がして、ほんのちょっと嬉しかった。

ところがそれ以降、次々と怪しいメールが届くようになる。仕事の関係者からも、最近よくおかしなメールが来るという話を頻繁に聞くようになった。会う人会う人、メールの被害の話ばかり。

そして気が付いた。どうやら、僕のアドレス帳に登録されている人には、百パーセントの確率で迷惑メールが届いているのだ。

事務所の杉浦さん（女性）が僕のパソコンを調べてくれた。すると驚くべき真実が判明した。すべての迷惑メールはなんと僕のパソコンから発信されていたのだった。つまり僕が犯人だったのだ。衝撃の結末。僕のパソコンはいつの間にかウイルスに侵され、病原体を知り合いに撒き散らしていたらしい。いつの間にそういうことになっていたのか。なんでうちのパソコンが悪の巣窟《そうくつ》に？

杉浦さんの調査によって、僕のパソコンからは四百九十五個の、ウイルスに侵されたファイルが発見された。と言われても意味は分からない。ウイルスに侵されるってどういうこと？　そもそもウイルスって何だ？　とりあえず四百九十五という数字が凄いということだけは、なんとなく分かった。「でももう大丈夫です。ウイルスはすべて駆除し、『ウイルスバスター』のソフトをインストールしましたので、今後は感染を防げるはずです」と杉浦さん。一応礼は言っておいたが、さらに新しい単語が続出。インストール？　感染？　ウイルスバスター？

何から何までさっぱり分からないまま、事件は解決した。僕のせいで迷惑を被った皆さん、どうもすみませんでした。これからは僕も悔い改めますって、何を改めればいいのか。

映画三本目は未来のために

四年ぶり、僕にとっては三作目の映画製作に入っている。本当はもうとっくにクランクインしてたんだけど、正式発表されるまでは、ここには書くなとプロデューサーに言われていました。

一作目の「ラヂオの時間」は、とにかく初めての現場で、何をどうやったらいいかさっぱり分からぬまま、勢いで作ってしまった。二作目の「みんなのいえ」は、「ラヂオの時間」の経験と反省を踏まえて、「映画らしさとは何か」を模索しながら作った。その中で、僕にしか撮れないもの、僕が撮るべきものが何なのかが、おぼろげながら分かってきたような気がした。そして満を持しての三作目。

さて、なぜ僕は映画を作るのか。監督としてはまだまだ新人だし、舞台演出の方が何十倍も経験を積んでいる。

僕は舞台もテレビドラマも書くけれど、この二つについては、未来に作品を残そうとはこれっぽっちも考えていない。劇作家としても、ドラマ作家としても、歴史に名前を刻むようなことに

はならないと思っている。決して卑下しているのではありません。むしろ僕はこれでいいと思っている。

演劇は生ものだ。もちろん作品を戯曲という形で残すことも出来るけど、特に笑いに関しては確実に旬というものがある。伊東四朗さんもおっしゃっていたけど、コメディーはライブが基本なのである。今現在お客さんが笑っているシーンが、将来も同じように笑えるとは限らないのだ。だから僕はその日その劇場に来てくれた人が楽しんでくれさえすれば、それで目標達成だと思っている。あくまでも僕は、僕と同じ時代に生まれた人たちのために作品を作る。後世のことなど考えたこともない。

テレビの連続ドラマにも同じことが言える。「新選組！」をＤＶＤで初めてご覧になった方には申し訳ないけど、あのドラマの本当の面白さは、週に一回ずつ一年かけて観続けた人だけが味わえるものだと、僕は思っている。連ドラってそういうものだから。

つまり舞台もテレビも言ってみれば一過性のものだ（すべての作品がそうだと言っているわけではありません。僕の作るものに限って）。

ただし映画は違う。映画は作り方次第によっては、そこに永遠の命を与えることが出来る。現に、五十年以上前にハリウッドで作られた映画を観て、今の僕が感動している。これって凄いことではないですか。ということは僕の映画も頑張れば、世界中の人たちを、それも何十年も未来の人たちを楽しませることだって出来るのだ。例えば五十年後、アメリカのアイオワ州の田舎町に住む、最近いいことがなくて落ち込んでいる一人の少年が、たまたま近所のレンタル店で借りてきた僕の作品を、ビデオかＤＶＤか、もしくはまだ発明されていない新しい機械で観て、笑って元気を取り戻すことだってあり得るのだ。

そんなわけで僕は五十年後のアイオワ州に住むその少年のために、映画を作る。

三本目のタイトルは「ＴＨＥ有頂天ホテル」です。

役所さんを演出する楽しみ

今度の映画の主役は役所広司さん。これまでにも何度もお仕事をさせて貰っているが、僕が実際に演出をするのは初めてだ。

どんなに親しい俳優さんでも、台本がないうちに出演交渉してＯＫを貰えるほど、この世の中は甘くない。僕の場合は、役者を想定して台本を書くことが多いが、それでもイメージした俳優さんがその役を実際に演じてくれるかどうかは、ホンを読んで貰ってからの話だ。

役所さんとはぜひ演出家として仕事をしたかった。だからそれを実現させるためには、まず彼が演じてみたいと思える役を書くことが先決だった。

設定を高級ホテルの一夜の出来事にしようと決めた段階から、彼の役はホテルマンと決めていた。そのホテルで起こる様々なトラブルのすべてに関わる、狂言回し的な役割。さらに彼自身にも、別れた奥さんとの再会というドラマチックな事件が待っている設定。

最初は、粗野でいい加減でだらしのないキャラクターを考えていた。およそホテルマンらしく

ない男が、友人の頼みで突然高級ホテルに就職する。僕の作品に出て来る役所さんは、「巌流島」でも「合い言葉は勇気」でも、どちらかと言えばいい加減でお調子者だった。そういう役を役所さんは、とてもリアルに演じてくれる。明るさの裏にある哀しさみたいなものまでちゃんと表現してくれる。

でもプロットを組み立てていくうちに、もっと違う設定でやってみたくなった。せっかくあの役所広司を生で演出できるのだから、より複雑な人物像にしたい。そしてたどり着いたのが、寡黙で冷静で有能な非の打ちどころのないホテルマン。イギリスのお屋敷にいるバトラーみたいな男。でもそんな彼にも悩みがある。周囲は彼を有能と見ているが、彼自身は今の職場に熱意を感じていない。彼にとってはきちんと仕事をこなす方が楽なのだ。やるべきことはきちんとこなすが、それだけの人生。実は彼も昔は「ある夢」を追いかけていた。そしてその頃の自分を知る、かつての妻との再会。

ホンを読んで、役所さんは正式に出演を了承してくれた。

演出家として初めて対する、撮影現場での役所さん。彼は驚くほど台本を読み込んでいた。僕は台本に関しては、自分で書いたホンだから当たり前だけど、どの俳優さんよりも頭に入っている。どんな質問を受けてもきちんと答えを返す自信がある。でも役所さんの細かい台本分析には、正直びっくりした。僕も気づかなかった台詞の裏の意味までも、彼は丹念に掘り起こし、僕に質問をぶつけてくる。彼の誠実できめ細かな演技は、こうやって作られていたんだなあと、改めて日本を代表する名優の凄さを感じた。だからもう、役所さんのシーンを撮る時は、「なんだよ、俺の方が読み込んでるじゃないか」と言われないようにこっちも必死だ。

ただそんな天下の名優も、撮影の合間に「監督、ここは彼女のオッパイのヨリはないんですか」と冗談交じりに聞いてくる、ちょっとエッチで愉快なオジサンです。

山本耕史の「土方」が再登場

先週は役所広司さんのことを書いた。今週はもう一人の「コウジ」、山本耕史君の話。

彼とは「オケピ！」からの付き合い。ホンは出来ていて、ほとんどキャスティングも決まっていた時、最年少のパーカッション奏者だけが空白になっていた。そんな折、プロデューサーに紹介されたのが彼だ。当時の僕の「山本耕史」のイメージは、テレビドラマで観るナイーブな青年。それは役どころにもぴったりで、すぐに出演が決定した。

ところがだ。実際に稽古をしてみて、彼の「ナイーブさ」が完全に見せかけであることが判明する。もちろん繊細なところもあるが、彼の本性はむしろ「怒れる男」だった。納得出来ないことがあると、すぐにスタッフに突っかかる。決して理不尽なことでは怒らないのだが、ちょっとでもムカつくと、あからさまに不機嫌になる。

最初は、なんて気の短い奴だと思った。しかしそれが彼の仕事への情熱の裏返しであることに、やがて気がつく。本人によれば、芝居に関して演出家とぶつかり、役を降りたり降ろされたりし

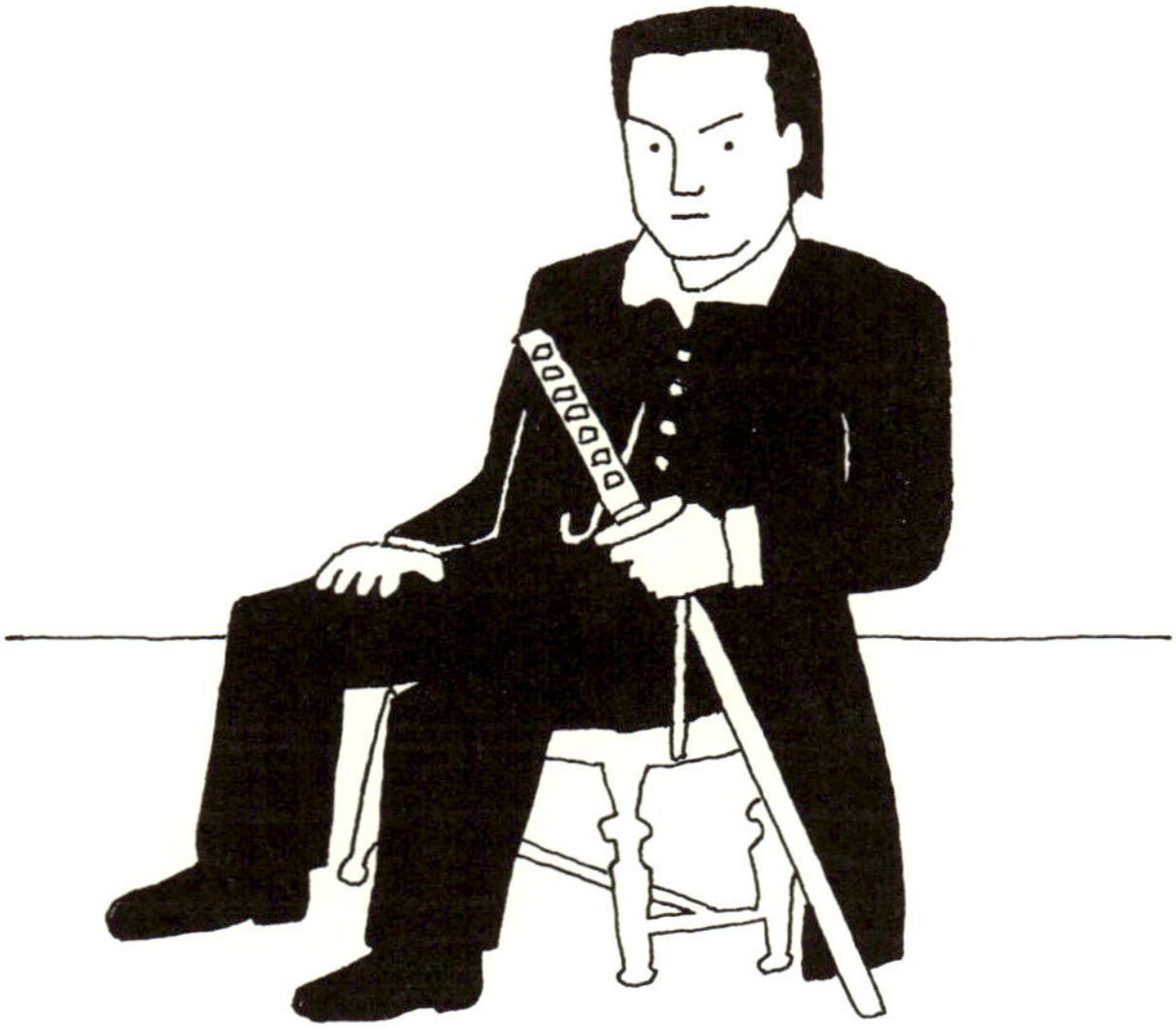

たことも何度かあったそうだ。

「オケピ！」が終わった時点で、彼に対する認識は、「手先は器用だが、生き方は不器用な男」に変わっていた。一見ナイーブそうな青年は、実は熱い奴で、でもその実態はやはりナイーブという、結局見た目通りの奴であった。

公演が終盤に差し掛かった頃、僕は彼に「今から四年後に、一年身体を空けておいて欲しい」と頼んだ。そして既にキャスティングが進行していた大河ドラマ「新選組！」の土方歳三役に、彼を推薦した。色白の優男だが、その内に秘めた反骨精神とマグマのような情熱は、そのまま新選組の鬼副長に重なった。そして何より本物の土方歳三の写真によく似ていた。

山本耕史の演じた土方は、これまでの歴代土方役者の中でも、三本の指に入ると思う。彼が演じたことによって、初めて等身大の土方歳三が誕生したのではないか。

「新選組！」の続編が製作される。来年（二〇〇六年）のお正月にオンエアの予定だ。本来、僕の中では、あのドラマは年末の最終回で完結していたのだが、視聴者の皆さんの「続きが観たい」という声を沢山頂いて、やってみる気になった。

今回の主人公は土方。盟友近藤勇を失ってから、彼がどう生き、そしてどう死んだのか。これが書くのにかなり難航した。九十分という枠の中で、いかに「その後」を描くか。相変わらずドラマチックな場面が史実として山ほど残っている。しかしそのすべてを描いている余裕はない。どこに絞るか。これほどまでに悩んだ仕事は今までなかったような気がする。

先日、ようやくホンが完成した。土方の最期の一日を描く、本編とはちょっと毛色の違う、ハードな作品に仕上がったと思う。それは、あのドラマを愛して下さった視聴者の皆さんへのご恩返し。そしてなにより土方歳三を演じきり、撮影現場でも、気分屋の性格を押し殺して、皆を引っ張って行ってくれた山本耕史への、僕からのささやかなお礼でもある。

試練で深まるペットへの愛

映画撮影の日々が続いている。夜、帰宅すると、まず翌日に撮影するシーンを台本でチェック。そして深夜は脚本家に戻って原稿書き。いっぱいいっぱいである。

妻は舞台が続いていて、毎日劇場へ通っている。夫婦ともども忙しいというのは、珍しいことだ。今までは、たまたまだったが、どちらかがハードな時は、もう一方は緩やかなスケジュールだった。

割を食っているのが、我が家の動物たち。ちょっとボケが入っている最年長のおとっつあん(猫)は、結構自由にやっているが、他の三匹はここのところ、見るからに元気がない。

人と暮らす動物たちにとって、飼い主とのコミュニケーションは生きる上で欠かせないものだ。餌が、植木にとっての肥料だとすれば、飼い主の愛情は、水のようなもの。毎日与えてあげなければ、いずれは枯れてしまう。

家にいる時間が短いので、一緒にいられる時は、出来るだけ彼らと遊ぶようにしている。それでも動物たちには足りないらしい。クールに見えて実は一番の甘えん坊のオシマンベ（猫）は、食欲がなくなり、最近よく残すようになった。ホイ（猫）は、僕が帰宅するとすぐ飛びついてきて、腰を下ろす度に膝の上に乗ってくる。むさぼるように僕から愛を吸収していくホイ。

とび（犬）は、朝の散歩は僕と妻が交代で務めているが、夜はペットシッターさんにお願いしている。あまり遊んであげられないので、愛情表現を、いけないいと分かっていても、お菓子をあげることで代用してしまう。お陰でとびは日に日に太っている。

ある時、とびの顔が猛烈にウンチ臭い時があった。顔を舐められた時、口のまわりがやたら臭かった。何かの病気ではないかと心配になった。妻と二人でとびの口のまわりを何度も嗅いでみる。確かに口臭がきつくなっている。とはいえ元気は元気だし、臭いは時間が経つと消えたので、そのままにしておいた。数日後、また突然ウンチ臭くなった。妻が嫌な推理を働かせた。「これ、ひょっとしてウンチ食べてるんじゃない？」

老猫のおとっつあんは、最近よくトイレ以外の場所でウンチをする。お爺ちゃんだから仕方がないと諦めていたのだが、そういえばこのところ、あまり廊下でそれを見かけることがない。ボケが治ったのかと思っていたのだが、なんととびが食べていたとは！

そして遂に決定的瞬間を目撃。おとっつあんの後を執拗に追ったとびは、彼が排便するや否や、まるで熱々の焼き芋を食べるように、それをハフっと口に入れた。

慌ててとびを捕まえ、無理やり口を開けさせる。既に飲み込んだ後だった。それがどんなにいけないことか、僕はとびに懇々と説明してやった。今まで一度もなかったことだ。これも飼い主がいないストレスのせいなのか。

なんだか無性にいじらしくなって、思わずとびを抱きしめてやった。そして頬擦り。ウンチ臭さが愛しかった。

動物たちにとっての試練の夏は、まだまだ続く。

僕が慕う俳優さんが大集合

映画「THE有頂天ホテル」の出演者が発表された。自分で言うのもなんだが、物凄い豪華キャストだ。製作発表でも言ったけど、よくこれだけの顔ぶれが揃ったと思う。まるで大河ドラマ。今回は群集劇なので、主要登場人物だけでも約三十名。そしてその全員が、それぞれに悩みを持ち、それぞれのドラマを抱えている。決して一瞬だけ登場するカメオ出演ではないのだ。

改めてキャストを見渡すと、自分で選んだので当たり前だが、僕の大好きな俳優さんが勢揃いしている。初参加組は、原田美枝子さん、寺島進さん、堀内敬子さん。YOUさんも役者として共演したことはあるけど、僕の作品は初だ。また役所広司さんをはじめとして、佐藤浩市さん、西田敏行さん、麻生久美子さん、オダギリジョーさんといった人たちは、脚本家として仕事をしたことはあるが、演出家としては初めての人たち。そして松たか子さん、香取慎吾さん、唐沢寿明さん、戸田恵子さん、生瀬勝久さん、篠原涼子さん、浅野和之さんといった常連組。

雑誌やスポーツ紙などに「三谷ファミリー」と書かれることがある。僕が同じ俳優さんに何度

も出てもらうからだ。きっと今回も言われるだろう。この○○ファミリーという言葉、僕は好きではない。大御所的存在が中心にいて、その人を慕う仲間が周りに集まっている光景が目に浮かぶ。皆でホームパーティーをしたり、たまには海外旅行にも行ったり。

でも実際の僕は、役者さんたちとは、ほとんど仕事以外でのお付き合いがない。戸田さんとは、それこそ何本も仕事をしているが、かといって、オフの時に一緒に遊んだり、ご飯を食べに行くことはない。

劇団の頃からそうで、いまだに相島一之や小林隆がどこに住んでいるかも知らないし。「三谷ファミリー」と呼べるのは、妻と三匹の猫と一匹の犬だけだ。僕にとって俳優さんは、あくまでも仕事上のパートナー。現場ではもちろん仲良くさせて貰っているが、それ以上は踏み込まない。せっかくいい役者さんなのに、プライベートで、お互いの嫌な面を見つけて気まずくなってしまったら、もったいないから。さらに困るのは友達としてベストな奴が役者としてもベストとは限らないということ。やはり彼らとはいい意味で距離を置いていたいと思う。

今回も、馴染みの俳優さんが沢山出ているが、僕は彼らをファミリーだとは思ってないし、向こうだってそのはずだ。

第一、僕を慕って、皆さんが集まってくれたわけではない。製作発表では、これだけのキャストが揃ったのは僕に人望があったからです、とコメントしたがあれは嘘。実際は人望だけでは人は集まらない。彼らは台本を読んで、自分に振られた役柄を気に入ってくれたから、出演してくれたのだ。僕は自分の好きな俳優さんに出て貰いたいので、彼らが出たいと思えるようなホンを必死に書く。

つまり役者が僕を慕っているのではなく、僕が彼らを慕っているのです。

どう撮る、こだわりのセット

今回の映画の美術は種田陽平さん。「不夜城」や「スワロウテイル」のセットを作った人。タランティーノに呼ばれて「キル・ビル」の美術も担当した国際派だ。噂では、タランティーノはすっかり彼が気に入り、新居のリビングのデザインもお願いしたようだ。

種田さんは僕より一つ年上。世界で活躍されている人なので、エネルギッシュで、攻撃的な芸術家というイメージを勝手に抱いていたが、実際は、見た目はソフトで、声もソフトで、ジェントルな感じの人だった。

彼とは台本作りの段階で、何度も打ち合わせをした。僕がイメージを伝え、彼がまず舞台になるホテルの図面を引き、それを見ながら僕が台本を書いて、それを基にまた種田さんが細かい図面を引き、そのさらに細かい図面を見ながら、僕がさらにさらに込み入った台本を書く。そうやってミーティングを重ねながら、ホテル「アバンティ」は完成した。

日本で一番大きなスタジオに、目いっぱいに建てられたロビーラウンジ。それはどの角度から見ても、ゴージャスで風格があって、そしてこれがたぶん一番大事なことだと思うのだが、「このアングルで撮影したい！」と思わせるだけの、映画的な広がりがあった。カメラマンの山本英夫さんは「僕の残りの人生で、これだけのセットで撮影が出来ることは、まずないような気がする」と、ラウンジの真ん中で感慨深げに語っていた。

これだけ素敵なホテルを作ってもらうと、監督としてはかなりのプレッシャーだ。どんなに凄いセットでも、カメラに映っていなければ、それは存在しないのと同じ。生かすも殺すも僕次第ということに気づいた時、正直、気が重くなった。セットのすべての壁、すべての柱、すべての装飾が美術スタッフの労作。どれだけの愛情と時間と手間がかかっているかは、種田さんから聞いて知っている。だから出来るだけ、いろんなアングルで撮りたかった。しかしあくまでもストーリーに沿った形でないと、今度は画面が浮いてしまう。

そんなわけで素人監督は頭を抱えた。映画というものは、登場人物が動いて初めてドラマが始まる。その中で繰り広げられる物語がチープだと、セットそのものが安っぽく見えてしまう。背景を意識せずに撮った方が、実は背景自身も生きてくることに気づいてからは、少しだけ気が楽になった。

結果的には山本カメラマンのお陰で、かなりいろんなアングルから撮れたと思う。これで種田さんにも顔向け出来るぞとほくそ笑んでいたら、撮影も終了に近づいた頃、種田さんにラウンジの隅に呼ばれてこう言われた。

「監督、ここの壁の石はね、実はヨーロッパの職人さんを呼んで特別に作ってもらったんですよ」「どうしてもっと早く教えてくれないんですか。知っていたら撮り方も変わっていたのに」「監督を悩ませたくなかったので黙ってました」。そして種田さんはソフトな声でこう付け加えた。「セットに関しては、まだまだ話していないことが山ほどあります」。愕然《がくぜん》とした。恐るべし、種田陽平。

カメラマンは獲物を狙う黒豹

今回の映画のカメラマンは山本英夫さん。美術の種田陽平さんもそうだけど、山本さんも僕と同世代（ちなみに照明の小野晃さんも）。前の二作のスタッフは僕より年配の人が多かったけど、今回はかなりの若返り。とはいえ皆さん、仕事歴二十年以上のベテランだ。

カメラの脇に腰掛けて、ファインダーを覗いているカメラマンは、映画の現場で一番格好いい。黒ずくめの服を着て、カメラと共に音もなく、被写体に向かってスーっと横移動していくその姿は、まるで獲物に近寄る黒豹のようだ。

そんな山本さんを見るたびに思う。なんと監督の格好悪いこと（あくまでも僕の場合です）。手持ちぶさたで、スタッフが動いているのをぼうっと眺めているだけ。やるべきことは撮影の前に済ませているので当然なのだが、そこだけ見ると、ただの居場所のない「暇な人」である。

カメラマンは、単にカメラを回す人のことではない。例えば、家族でお正月にリビングで記念写真を撮ることになったとする。

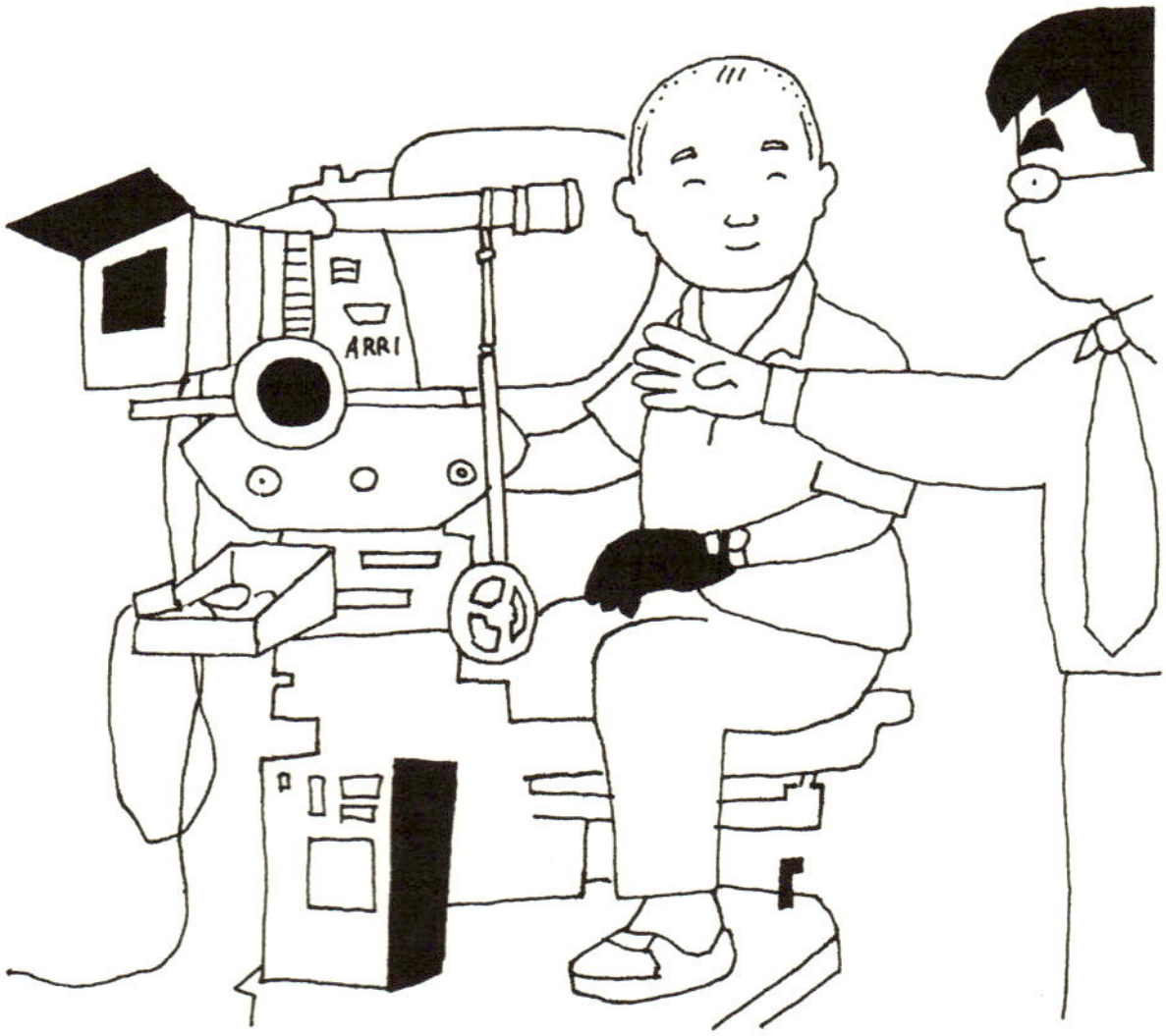

「そこのソファの前に立ちなさい」と家族を並ばせるお父さんが、つまりは監督。そして実際にシャッターを押すお兄さんがカメラマン。「お婆ちゃん、何か手に持とうか」と、飾ってあった破魔矢を手渡すお父さんは僕。「後ろの棚の鏡餅が見えた方がお正月らしいから、お母さん、もうちょっと右に寄ってくれる？」とファインダーを見ながら指示を出すお兄さんが山本さん。つまりどんな写真になるかは、お父さんとお兄さんのセンスにかかっているわけで、映画における絵作りは、監督とカメラマンの完全な共同作業なのである。

助監督が翌日撮影するロケシーンの打ち合わせをしようとすると、山本さんは大抵「明日でいいよ」と言う。「現場で考えよう。今話してもしょうがない」。事前の話し合いが嫌いな山本さんを前に、助監督はいつも不安な表情を浮かべるしかない。「やってみないと分からない」というのが山本さんの口癖。一見ちゃらんぽらん風だが、撮影に入ってからの彼の集中力は凄い。現場を見渡して、どこにカメラを置けば一番効果的に撮影できるか瞬時に判断する。

台本を書く時に僕が頭に描いていた絵を、山本さんはほぼ忠実に再現してくれる。僕は完成された絵をイメージ出来ても、どんな撮り方をすればいいのか分からない。しかし山本さんがセッティングしたカメラポジションから見ると、僕の思っていた通りの絵がそこにあるのだ。さらには、僕が考えもしなかったアングルの時も。しかもそれは僕の考えていたものより、遥かに台本の意図をくんだ絵になっている。現場の山本さんは暇さえあれば台本に目を通している。僕は自分のホンを、ここまで真剣に読んでいる人を他に見たことがない。

頑固親父を思わせる風貌の山本さんだが、時折見せる笑顔は、チベットの高僧のようでもある。映画ではワンシーンだけ、おまわりさん役でカメオ出演しています。

自分らしい映像は「長回し」

今回の映画は、ほとんどのシーンが「ワンシーンワンカット」だ。映画にはカット割りというものがある。誰かと誰かが話している場面で、それぞれの顔が順番にアップになったり、腕時計を見るシーンで時計の文字盤が画面一面に映ったり、つまりそれがカット割り。ところがワンシーンワンカットの場合は、どんなに長いシーンでも、途中で画面が切り替わることがない。いわゆる「長回し」である。

僕がこの手法にこだわる理由は二つある。一つは、僕が舞台出身の演出家であるということ。カットを細かく割って効果を上げるテクニックは、どちらかと言うと、映像派の監督が好む。今さら僕が使ったとしても、とても彼らにかなうわけがない。一方で自分の作っている舞台は、二時間一度も暗転が入らないもの（いわば究極のワンシーンワンカット）が多い。カットを割らずに、役者を動かすことでリズムやテンポを出す「長回し」は、ある意味得意分野だ。映画だからといって、背伸びして映像に凝るよりも「長回し」を多用する方が、むしろ自分らしさが出るような気がするのだ。

もう一つは、これがコメディー映画であるということ。笑いどころの台詞で、俳優の顔がアップになると、ここで笑えと指定されているみたいで、ちょっとあざとい気がする。もちろんカットを細かく割った喜劇映画も沢山あるが、僕の作りたい「笑い」には「長回し」が合っているようだ。

ワンシーンの長さが三分も四分もあると、当然役者は緊張する。編集で変化が付けられない分、彼らには早口で喋ってもらうし、動きも細かく付ける。邦画の長回しというと、カメラも人物もあまり動かず、座ったまま延々会話をしているイメージがあるが、今回は役者もカメラも動きまくる。段取りを覚えるだけでも大変だ。舞台の場合は一カ月かけて身体に染み込ませるが、映画は一日しかない。かなりのプレッシャーだろう。
役所広司さんと生瀬勝久さんと戸田恵子さん

がホテルのセットの中を端から端まで歩きながら語り合う長い長いシーンを撮った時、ラスト数秒のところで、生瀬さんの頭が真っ白になった。最後の最後で台詞が出てこない。それが三回続いた。その度に、大勢のスタッフがまたスタート地点に戻らなければならない。あれほど打ちひしがれた生瀬さんを見たことがなかった。四度目のチャレンジでようやくOK。「僕の役者人生は終わった。一からやり直しです」と生瀬さんは肩を落として帰って行った。

確かに役者さんには相当な負担だと思うが、でも現場の緊張感は画面にも確実に出る。それもまたワンシーンワンカットの面白さだ。と役者の気持ちも考えずに、監督は暢気《のんき》なことを言うわけだ。皆さん、本当にごめんなさい。

昔、ヒチコックが全編ほとんどカット割りのない、超長回しの映画を作った（『ロープ』）。僕もいつかは挑戦してみたい。それこそが僕が作るべき映画のような気がするのだが、果たしてこの企画に乗ってくれる役者がいるのか？

「24時間テレビ」で浮いた男

今年（二〇〇五年）の「24時間テレビ」。その感動的なフィナーレ。出演者の中で、一人だけ妙な衣装をつけギターを抱えて「サライ」を熱唱する、完全に浮き上がった男に気づいた方はいらっしゃいますか。もちろん僕です。

パーソナリティーは香取慎吾&草彅剛。そこでフィナーレに登場して、香取君にエールを送って欲しいという依頼をテレビ局から受ける。あくまでも本人には内緒で。これはもう友人としては引き受けないわけにはいかない。それにいやらしい話だけど、彼も出演している今度の映画の宣伝にもなると思ったし。

とはいってもチャリティー番組である。あまり自分の作品をアピールするのはどうだろう。そこで直接的なコメントは避けて、彼が映画で着ている衣装を着て登場することにした。歌手を夢見るホテルのベルボーイの衣装。もちろん劇中で彼が背負っているギターも一緒だ。宣伝効果はほとんどないが、僕は香取君を励ましに行くのだから、それでいいのだ。

当日。初めて足を踏み入れる武道館のステージ。意外に客席が近い。ローマのコロシアムで、市民に囲まれて、これからライオンと戦う闘士のような気分。司会の徳光和夫さんに呼ばれてステージに上ると、ボーイ姿の僕を見て、香取君は唖然となっていた。そして体をくねらせて喜んでくれた。お客さんから、盛大な拍手と歓声が上がった。これほどまでの喝采を浴びたことがなかったので、ちょっと戸惑う。だが僕の後に登場した少年隊のヒガシ（草彅君のためのスペシャルゲスト）に対する声援は、その数百倍もあった。あまりの落差にステージの奥で落ち込んでいたら、香取君が察して肩を抱いてくれた。

そして恒例の「サライ」。フィナーレを飾る名曲である。出演者全員による大合唱。僕としてはギターを持っているんだから弾かない手はない。実はギター経験のない僕は前日、撮影現場でカメラマン助手の木村さん（彼は昔バンドを組んでいたらしい）にコードの弾き方を教えてもらっていた。他にもギターを弾けるスタッフの皆さんが次から次へと現れてはアドバイスしてくれた。

とはいえ、付け焼き刃にも限度がある。とても人にお見せできるレベルではないので、本番では隅の方にそっと立っているつもりだった。ところが、音楽が始まると、いきなり徳光さんが僕の目の前にマイクを突き出した。逃げるわけにもいかず、香取君の隣というかなり目立つ場所で、僕は三つしか弾けないコードを駆使して、「サライ」を演奏し熱唱した。

やがて僕だけが番組用のTシャツを着ていないことに気づく。だめだ、完全に浮いている。そっと隅に逃げようとしたら、なぜかトクさんが執拗に僕にマイクを向けてくる。結局最後までその場で歌い続けるしかなかった。現場の雰囲気にあおられ、うっすら涙も浮かべて。

一応ビデオの留守録はセットしておいたのだが、帰宅しても怖くて見る気にならなかった。たぶん、一生見ないでしょう。

西田さんに「いい夢」見た

西田敏行さんと言えば、僕の生涯ベストワンのテレビドラマ「淋しいのはお前だけじゃない」の主演俳優である。この作品がオンエアされた時、僕は大学生。当時西田さんは同時期に「池中玄太80キロ」もやっていた。世間的には「～80キロ」の方が人気があったが、僕は断然「淋しい～」派だった。

サラ金の取り立て人が、やくざから莫大な借金をしてその返済のために、同じ境遇で借金に苦しむ人たちを集め大衆演劇の劇団を結成する。脚本は市川森一さん。僕はこの作品を観て、ドラマの脚本家になろうと決心したし、同時に自分も劇団を作りたいとも思った。僕にとってすべての出発点はこのドラマなのだ。

もともと影響を受けやすい人間だったが、一本のテレビドラマで人生が決まったわけである。

西田さん演じる沼田薫は、暴力的で性悪だけど、実は心優しい取り立て屋。ファンタジーと言ってもいいドラマなのに、あの中の西田さんはとてもリアルで、とてもテレビドラマの住人には思えなかった。

七、八年前、西田さんが主演した「屋根の上のヴァイオリン弾き」を観に行き、楽屋で初めてお会いした。「淋しい〜」のシナリオ本にサインしてもらった。いつか一緒にお仕事をしたいと思っていて、一昨年（二〇〇三年）、ドラマ「川、いつか海へ」に出て頂いた。そして今回。西田さんの役は大物演歌歌手だ。リハーサルで歌詞を忘れて、明日の公演で舞台に立つのを拒否して周囲を困らせる、我がままな大スターだ。

初めて間近で観る西田さんの芝居。共演した香取君の言葉を借りれば「あの人はパーフェクトですよ！」。缶ビールを持って立っているだけで、人を笑わすことの出来る役者さんが、他にどれだけいるだろうか。西田さんがスタジオにいると、この人をずっと観ていたいという思いに駆られる。例えば美術館で、好きな絵を見つけるとずっとその前に立っていたくなる、その感覚だ。西田さんのシーンになると、撮影が

永遠に終わらなければいいのにと本気で思う。

クライマックスに近いある場面で、西田さん演じる演歌歌手が、ある悲惨な状況に陥って愕然となるシーンがある。撮影現場で僕は「黒澤明監督の『乱』の、炎上するお城の前でさまよう仲代達矢さんのようにやって貰えませんか」とお願いしてみた。西田さんはにっこりと微笑《ほほえ》んで、一言「やってみましょう」。

そして本番。迫真の演技をする西田さんの背景には、炎上する城が確かに見えた。実はそこまで深刻なシーンではないのだが、そのギャップがあまりにおかしく、僕はモニターを観ながら、漏れそうになる笑い声を必死に抑え、同時に西田さんの技術に感動するという複雑な精神状態に陥った。

すべての撮影が終わった日、西田さんから「娘が監督のファンなので、サインを頂けませんか」と頼まれた。恐縮しつつも台本の裏に自分の名前を書いた。そしてその横に一言書き添えた。「いい夢見たなあ」。「淋しいのはお前だけじゃない」の西田さんのラストの台詞です。

三人並んでクランクアップ

二カ月にわたった撮影もようやく終わり、めでたくクランクアップ。「ラヂオの時間」の時は、ラストシーンの撮影がちょうど最終日に当たり、幕張のとあるビルの前で真夜中にクレーンを使って大掛かりな撮影を行った。出番のなかった鈴木京香さんや奥貫薫さんも来てくれて、かなり賑やかな感じでアップを迎えたのを覚えている。二作目の「みんなのいえ」は、八木亜希子さんがカーテンの隙間から窓の外を見つめるという、わりと地味なシーンで幕を引いた。

そして今回。役者さんたちは既に出番を終え、残ったのはタイトル撮影のみだった。映画を撮る度にクランクアップが淋しくなっていくような気がする。

今回のタイトルバックは結構凝った作りになっている。CG全盛の今、あえて限りなくアナログで行くことに。華やかな緞帳《どんちょう》を描いた絵の上に出演者の名前を書き、次々と紙芝居風にめくっていく。一枚一枚手描きのものを、カメラの前で実際にスタッフが動かすのである。華やかそうに見えて、どこか手作り感が漂う、ゴージャスで温かいタイトルバックだ（たぶん、そうなるはずです。お楽しみに)。

その撮影だから、現場は至って静かなものだ。坦々《たんたん》と作業が続く。オールスターキャストなので、名前の書かれたボードの数も半端ではない。一枚ずつ丹念に撮っていくだけで半日かかった。

俳優さんは前日にすべてアップしているので、演出家は演技をつける相手がいない。することがないので、じっとモニターの前に座って、撮影の様子を見ていた。横にはカメラマンの山本英夫さんと美術の種田陽平さんがいた。僕らは並んで、差し入れのプリンを食べながら、じっと画面の中の幕を見つめてた。前にも書いたが、二人は僕と年齢がほとんど一緒(彼らが一年先輩)。確かに静かな最終日だが、同世代の三人が、並んで一つのモニターを眺めながらプリンを食べるの図は、それはそれで妙に味わい深い光景だ。

僕以外の二人がどういう人生を歩んでここまでやって来たかは、詳しくは知らないけれど、僕

とほとんど同じだけの時間を生きてきたのは確か。その三人の人生が、この映画でぴたりと重なった。そして映画が完成すると、また三人とも別の道を歩み始める。映画の現場ってまさに一期一会という言葉が相応しいと思う。その様々な一期一会が、奇跡のような大きな力を発揮して、一つの作品を作り出していくのだ。

しかし改めて考えてみれば、山本さんは、間違いなく日本で一番売れっ子のカメラマン。そして種田さんは世界で活躍する、美術の第一人者。二人とも今の日本映画には欠かせない人たちだ。そんな人と、当たり前のように並んで座っている自分って何だ。三本しか映画を撮っていない素人監督が、何を偉そうに並んで座っているのか。そう考えると、僕だけ三メートル椅子を後ろにずらしてしまいたい衝動に駆られた。

そんなこんなで、これから編集、そしてダビングと仕上げの作業に入ります。完成はまだまだ先。

西鶴先生の言葉は「千金」

今回の映画は、大晦日の夜の高級ホテルが舞台。撮影したシーンをざっと繋いでみたら、台詞でそれが年の瀬であると観客に分かるのが、始まって五分のところだった。もっと最初に振っておいた方がいいのではないかとプロデューサーに言われ、冒頭にテロップを出すことに。「12月31日午後9時53分」と時間表示を出そうかとも思ったが、妙にサスペンスタッチになるので、大晦日にまつわる格言にした。

こういう時、一番頼りになるのがシェークスピア先生である。あの方は、膨大な作品群の中で数多くのありがたいお言葉を残している。それに普通の文章でも、例えば「ああ背中かゆい～W・シェークスピア」と書くと、妙に意味深な感じがしてくる魔法が「シェークスピア」という言葉にはある（実際彼が「背中かゆい」と書いたかどうかは知りません）。

ただ、世の中そんなにうまく行くはずもなく、名言集を探しても、大晦日にまつわる都合のいい言葉がどうにも見つからない。途方に暮れながら、インターネットでいろいろ検索していると、海外の作家に頼らずとも、日本の大御所が大晦日について語っていた。井原西鶴先生だ。

西鶴先生は、江戸時代の小説家、そして人形浄瑠璃の作者である。言ってみれば僕の大々先輩。彼が書いた『世間胸算用』という作品は、どうやらもろもろ大晦日が舞台らしい。しかも様々な登場人物がその一日をどうやって過ごしたかをオムニバス的に描いているというではないか。

早速買って読んでみる。冒頭から「大晦日（おおつごもりと読みます）は一日千金」というぴったりなお言葉が出て来た。これは使える。中身は、オムニバスというよりは、短編小説集といった趣だった。金銭にまつわる話がほとんどで、借金にあえぐ当時の庶民が、いかに年の瀬を乗り越えて正月を迎えるかというエピソードが、次々に出て来る。
僕はほとんど日本の古典文学を読んだことがなく、西鶴の作品も実際に接したのはこれが初めてだったが、あまりに面白いのでびっくりした。やはり古典には、長い年月、人々に読み継

がれるだけの「力」があるんだと再認識。

当時の人々が、いかにして借金取りから逃げていたか。知恵の限りを尽くした、その秘策の数々には思わず笑ってしまう。貧乏な若夫婦の、まるでO・ヘンリーを思わせる心温まる物語もあった。一つ一つの話は短いのだが、それがモザイクのように積み重なった時、大きなうねりのようになって、まるであの時代そのものを俯瞰《ふかん》で見つめているような、壮大な気分にさせられる。そしてそれは僕が自分の映画でやりたかったこと。くそう、西鶴に三百年以上も先を越されていたとは。

実を言うと、「大晦日は一日千金」というその西鶴の言葉、画面に載せてみたら絵に合わず、最終的に編集でカットになってしまった。しかし、西鶴先生、『世間胸算用』のテイストは、きちんと僕の作品の中で受け継いでみせますので、期待して下さいね。

タイゾー議員、二十年後に注目？

久しぶりに時事ネタです。このところ注目なのは、なんといっても先日の選挙で「棚ボタ」式に衆議院議員になった杉村太蔵氏。慣れないマスコミの取材に舞い上がり、ついつい余計なことを言って、偉い人に怒られた揚げ句の、お詫《わ》び会見。

見るからにお調子者のイメージだったタイゾー氏が、一転して神妙な顔でマイクの前に立っている姿は、ワイドショーで一斉に報じられた。扱い方は二通りに分かれた。あれほど言いたい放題だった彼が、すっかりまともになって残念という「がっかり派」、偉い人に怒られ、しょげ返っている姿に同情する「かわいそう派」。でも僕の見方はどちらでもなかった。一見一八〇度変わってしまったようなタイゾー氏だが、僕には変わったようには見えなかった。本質は同じ。むしろ、テレビタレントとして腕を上げたと言うべきか（タレントではないけど）。

普段なら笑いなど起こるはずのない謝罪会見で、彼はしっかり笑いを取った。連休の間はずっと本を読んでいたと語り、何冊読んだか聞かれて「一冊」と答える。本のタイトルを聞かれると

「プライバシーに関わることなので、答えられない」とかわす。以前のストレートな笑いから比べると、これはかなり高度なテクニックだ。真面目な顔で面白いことを言った方が、もっと面白いという「笑いの原則」に彼は気づいたのか。

当選直後の軽佻浮薄《けいちょうふはく》なイメージでは、物珍しさで話題になっても、半年で飽きられる。だから彼は真面目で面白いという、より深みのあるキャラクターにシフトチェンジしたように僕には思えた。「無理やり謝罪させられてかわいそうだという見方もあるが」という質問に対し、真顔で「全然かわいそうではありません」と答え、取材陣に笑いが起こった瞬間、彼の目に嬉しそうな光が宿ったのを僕は見逃さなかった。

党の偉い人に言われるままに会見を行い、その上で「でも面白い奴」というアピールも忘れなかったタイゾー氏。好感度は上がり、しかも偉い人たちも満足させた。結構したたかな男と、僕は見ているのだが、この話を周囲にすると、意外と少数意見だった。でもテレビで爆笑問題の太田光さんも同じような発言をしていたので我が意を得たりと思った。あとは彼のことをよく理解し、指導してくれる先輩に出会えれば、政治家として大成するかもしれない。

ここからは自慢話。今から十年以上前に、僕はエッセイの中で、注目する政治家としてある人物の名前を挙げた。細身でダンス教師風の、およそ政治家らしくないこの人がもし総理大臣になったら、日本の政治も変わるだろうと書いた。その人こそ小泉純一郎氏。

ね、ちょっとした予言者でしょ。実は書いたことさえ忘れていて、小泉さんが総理になった時にファンの方から「言った通りになりましたね」とお手紙を頂き、ようやく思い出したのだが。とは言っても、予言が当たったことは確かで、その僕が言っているのだ。杉村太蔵氏の今後二十年は要チェックです。

ラジオの出演、半年たって

清水ミチコさんとやっているラジオが半年を過ぎた。そろそろ最終回かなと思っていたが、ありがたいことに、まだ続くみたいだ。

「出演者」として名を連ねる初めてのレギュラー番組。「出る側」になって初めて分かったのは、現場スタッフの存在の大きさ。僕が特に気が小さいからかもしれないが、自分のトークに関して彼らがどう思っているか、それが無性に気になる。

収録が終わってスタジオから出ると、スタッフが「お疲れさまでした」と出迎えてくれる。この瞬間が一番苦手だ。とても目を合わせることが出来ない。「ダメならダメとはっきり言って下さい」といった感じで、最終宣告の瞬間に怯《おび》えながら、いつも伏し目がちに帰って行く。

帰宅してからも、あそこはこう言えば良かったとか、なぜもっと面白い表現が出来ないのかとか、くよくよ悩む。そして脳内で事後シミュレーションを繰り返し、反省し、最後には「いいんだ、僕は喋るのが仕事じゃないんだから」と強引に開き直るのが、いつものパターンである。それで半年。

とはいえ月に二度のスタジオ通いが、僕にとって楽しい仕事であるのは間違いない。毎回、何の打ち合わせもなく、収録は始まる。椅子と机とマイクだけの小さなスタジオで、清水さんと向かい合う。テーマも決めていないから、毎回いきあたりばったりだ。二人の共通の知人である鈴木京香さんの話をしようということになるが、それが本題に入る前に、なぜか別の話題で盛り上がり、京香さんの話は翌日に持ち越し。次の日もまた別の話になって、その週は結局、京香さんの話題はフリだけで、最後までほとんど違う話をしていたこともあった。

もちろんこのいい加減さが、この番組のカラーだと思っている。どっちみち僕は喋りのプロではないので、語り口の面白さで勝負するのは無理。清水さんは頭の回転も速いし話も面白いので、それを聞いているだけでも番組としては成立するが、それでは僕が呼ばれた意味がない。

あとはマイクの前でどれだけリラックスできて、清水さんと二人で楽しく雑談できるか。番組を面白くするには、なにより僕らが楽しむこと。それが、僕がラジオの出演者としてできる、唯一のことなのだ。

収録中は、なるべく番組であることを忘れようと、進行はすべて清水さん任せ。スタッフの指示を聞くヘッドホンも、あえて着けない。清水さんには迷惑を掛けっぱなしだが、かなり自由にやらせてもらっている。

といっても、マイクの前の僕が普段の僕かと言えば、まったくそうではない。僕は普段、あんなには喋らないから。プライベートではほとんど聞き役だ。相槌《あいづち》すら打たない。ラジオの場合は、無言で聞いていると、いないのと同じことになってしまうから、意識的に相槌を打つ。

僕は一週間に喋る分量の半分以上を、番組に費やしているわけで、つまりは今一番会話をしている相手は、清水ミチコさんというわけだ。

古畑・新選組、別れに淋しさ

来年（二〇〇六年）のお正月、「古畑任三郎」の新作がオンエアされる。第一作目から数えると丸十年間続いてきたこのシリーズも、今回で終了だ。

終了の理由については、まあ、いろんな事情があるわけで、はっきり言えるのは、最終回の来ないドラマはない、ということです。

最後は二時間スペシャルの三夜連続。一本目のゲストは犯人役が藤原竜也さん。テレビ雑誌にはなぜか、この回に限って犯人が誰か分からない構成になっていると書いてあったが、それは間違い。竜也さん演じる若き「犯罪マニア」の常軌を逸した殺人計画を、いつものように古畑が暴く。

さらに事件に大きく関わるキーパーソンとして、石坂浩二さんも登場する。石坂さんといえば、金田一耕助。二人の対決シーンは、古畑対金田一のつもりで書いた。石坂さんは、エラリー・クイーンの『Yの悲劇』のテレビ版で、主人公の探偵も演じられているし、アガサ・クリスティの

『ホロー荘の殺人』の翻案映画でも事件を解決に導く推理作家役だ。恐らく横溝正史とクイーンとクリスティを制覇した世界でただ一人の俳優。古畑のファイナルを飾るに相応しいゲストだ。

二夜目は、マリナーズのイチロー選手がゲスト。本人役で犯人役という驚きの設定である。以前、ＳＭＡＰが本人役で古畑と対決したことがあり、今回も一本はそういった趣向で行きたいということで、「古畑」の大ファンだというイチロー選手に、プロデューサーがダメ元で交渉したら、即ＯＫを貰った。古畑vs.イチロー。僕が言うのも何だけど、まさに想像を絶する組み合わせだ。

そして最終夜のゲストが松嶋菜々子さん。この回はドラマ構成に凝ってみた。僕らが手本にした「刑事コロンボ」は大勢の脚本家が携わっているが、こっちは僕一人。犯人を先に明かしてしまう推理小説のパターンを「倒叙形式」と言うが、この「倒叙」を一人で四十作近く書いた作家は、たぶん僕しかいないんじゃないか。この回は、十年間この形式を書き続けてきた者だけが辿《たど》りつける、究極の倒叙ものである。あまり細かいことは言えないけど、テレビでしか絶対成立しないトリックです。

お正月にはもう一本、「新選組！」の続編も放送される。こっちも中身は九十分なので、民放で言えば二時間ドラマの分量だ。つまり今年は映画を作りながら、二時間ドラマを四本同時進行で書いていたわけで、さすがにヘロヘロになってしまった。映画の仕上げに手間取り、予定のスケジュールが大幅に狂って、多方面の皆さんにご迷惑を掛けてしまいました。

十年間付き合ってきた、古畑さんとこれでお別れだと思うと、ちょっと淋しい。「新選組！」も大河の企画がスタートしてから丸五年。長い間携わってきた仕事が、同時に終了したわけで、すべてを書き終わった今、僕は味わったことのない喪失感の中にいる。どちらの作品も、多くのファンの方のお陰で、ここまで続けて来られたわけで、それはとてもありがたいことだ。こんな作品に僕はこの先、あと何回出会えるのだろう。

イチロー、「フェア」な犯人に

「古畑任三郎」スペシャルの犯人役に、メジャーリーグのイチローさんが内定したのは、今年（二〇〇五年）の初めだった。「なにわバタフライ」の大阪公演の合間、神戸のホテルにイチローさんを訪ねた。

彼は、僕が度肝を抜かれるほどの古畑ファンだった。DVDは全巻持っていて、シアトルでは自宅でBGM代わりに毎日流しているらしい。台詞もほとんど覚えていて、たまに奥さんと二人でドラマのワンシーンを演じたりしているという。

好きなエピソードは、松村達雄さんがゲストの回だそうだ。「お館様」と呼ばれる村長さんの犯罪を村ぐるみで隠そうとする、かなり異色の回。イチローさんは、尊敬する村長を守るために村人が一致団結するところが、気に入ってくれたみたいだ。

僕に会ったらどうしても聞きたいことがあったと言われた。「〇〇の回の台詞で、日本語として不自然な箇所があるが、あれはどういう意味なのですか」。実を言うとそれは僕の単純ミスで、言葉の使い方を間違えただけ。スタッフも気づかず、僕はオンエアを観て「うわっ間違えた！」と焦ったけど、その後誰にも指摘されないので、まあいいやと忘れることにしていた箇所であった。さすが世界のイチロー。もの凄いところを突いてくる。「深い意味はありません、ただのミスです」と答えると、ちょっと淋しそうな顔をしていた。

　野球選手としては世界の頂点を極めているイチローさんだが、役者としては未知数。ホンを書く上でも彼の資質を知っておきたいので、軽い読み合わせをやらせて貰った。松本幸四郎さんがゲストの回の台本を用意して、古畑の台詞を僕が読み、幸四郎さんの台詞をイチローさんにお願いした。

　これが結構、上手だった。彼は幸四郎さんの台詞回しを、かなり忠実に再現していた。そう簡単に出来ることではない。役者としての勘も鋭い、と僕は見た。

　今回の犯人は、最初から野球選手役がいいなと考えていた。やはりイチローさんはユニホームのイメージが強いので、突然彼がパイロットや外科医の格好で画面に現れたら違和感があると思ったのだ。イチローさんも同じ考えだった。とは言っても、殺人を犯して最後は捕まる設定だから、さすがに「イチロー」本人ではまずいと思い、せめて「ハチロー」くらいにしておきませんかと提案したら、彼は首を横に振った。「ハチロー」だとつまらない、イチローが「イチロー」を演じるからこそ面白いのではないか。確かにその通りだった。というわけで設定はイチロー本人ということになる。

細かい部分はすべて僕に任された。彼の方から出た要望は一つだけ。自分としては、たとえ劇中であってもフェアプレーを重んじる男でありたい、ということ。

実はこの要望、数は一つでも、難易度はかなり高い。なにしろ犯人役である。フェアプレーな犯罪って、一体どんな犯罪なのだ。

それから半年、悩みに悩んで書き上げました。イチローの挑戦を受けて書き上げた準備稿の仮タイトルは「フェアな殺人者」。

始動しました、「12人」改訂版

今月（二〇〇五年十一月）末から「12人の優しい日本人」が上演される。十五年前に書いた作品の改訂版。演出もやる。

陪審制度が今の日本にあったら、という設定で作ったこの舞台。アメリカ映画の「十二人の怒れる男」をテレビで観て衝撃を受けたのが、発想のきっかけだ。確か小学校三年生の頃だった。もちろんいたって真面目な社会派ドラマなのだが、八歳の僕にはそれが笑えてしょうがなかった。いいおっさんたちが、真剣に、ある時は殴り合う直前までエキサイトして話し合う姿は、僕の目には喜劇としか映らなかった。こんなに面白い映画が世の中にあったのか、と思った。

どれだけ僕がこの映画を好きだったかと言うと、その後再びテレビで放映された際、当時はまだ高級品だったビデオテープを自分のお小遣いで購入し、録画した。ところが放送事故でなぜか途中で突然戦艦大和の映像が三十秒ほど流れ、その後画面は陪審員室に戻ったものの、大和が映っていた三十秒分、それ以降の音声がズレてしまった。仕方ないので後半の台詞をすべて書き出

し、自分で十二人分の声色を使って吹き替えし直した（当時のビデオデッキにはなぜかアフレコ機能が付いていたのだ）。そのくらい好きだった。

大人になり、この映画が世間的には喜劇としては認知されていないことを知った。それならば自分なりの「十二人の怒れる男」を作ってみたいと思った。それもコメディーとして。そして劇団を旗揚げして作ったのがこの「12人の優しい日本人」なのだ。

元の「十二人の怒れる男」は、もちろんとてもよく出来た作品なのだが、僕からすれば唯一気に入らないのが、主演のヘンリー・フォンダがあまりに格好良過ぎること。だから僕の「12人の優しい日本人」では、陪審員十二人を全員主役にした。ここにはフォンダのような立派な人物は一人も登場しない。

今回、冷徹な陪審員9号を演じる小日向文世さんは台本を読んで僕に言った。「よく出来たホンだよねえ。これを二十代で書いたなんてびっくりだね」

誉めて貰えるのは嬉しいけど、へそ曲がりな性格なので、じゃあ僕にとってその後の十五年は何だったんだとちょっと落ち込んだ。改めて読み直すと、自分で言うのも変だが、確かに緻密《ちみつ》な戯曲だ。コメディーでもあるし、ミステリーでもある。そしてなにより話に勢いがある。とても今の僕には書けない。二十代のバイタリティー溢れる劇作家にしか書けないホン。

ただ、一方で若気の至りというか、人物の描き方が、やけに薄っぺらかった。今なら絶対に避ける言葉遊びのギャグもちらほらあった。今回はそういう部分は省いて、当時の自分には決して思いつかなかったような、もう少し深いところの人物描写を書き足してみた。

言ってみれば今回の改訂版は、二十代の僕と今の僕との共同作業みたいなもの。二人のいい部分がうまく合わさった形になっていればいいと思う。

そして集まった新たな十二人の役者たち。キャスティングに関しては次回。

舞台の稽古は必ず浴衣？

舞台「12人の優しい日本人」は陪審員の話だ。年齢も性別も職業もバラバラな十二人が、ある事件について議論し合う。だからキャスティングもバラエティーに富んだものにしたかった。小劇場出身、テレビドラマ中心の人、声優、放送作家、ミュージカル女優。まったく違う人生を歩んできた役者が一堂に集まり、まったく違う人生を歩んできた陪審員を演じるわけである。

陪審員11号を演じる江口洋介さんは、今回が初舞台。「新選組！」の収録の合間に口説き落とした。身体も大きく見栄えがいいし、声も通る。全体から醸し出されるパワフルなオーラは、舞台向きだと確信していた。「白い巨塔」あたりから、演技には持ち前の大胆さに繊細さも加わり、まさに役者としては円熟期。初舞台を踏むなら今だ、と思った。

テレビや映画では第一線で活躍している江口さんだが、初めての舞台に、戸惑いも大きかったようだ。まず質問されたのが「稽古は浴衣でやるのか」と「楽屋には暖簾《のれん》を掛けなければならないのか」。確かに演劇というと、そのイメージがある。ただ浴衣は時代劇の稽古の時だけ。陪審員を演じる時に着る必要はまったくない。楽屋に暖簾を掛ける人もいないことはないが、これも皆がやっているわけではない。そもそもパルコ劇場の楽屋は個室ではないので、暖簾を掛ける場所がない。

変わったところを気にする人だなあと思ったが、それだけ不安が大きかったということだろう。

そこで稽古の初日。僕は江口さん以外の役者に、全員浴衣で集合するよう連絡を回した。彼は緊張してやってくるはずだから、しょっぱなでびっくりさせようと思ったのだ。まあ、ちょっとしたいたずら心。それに芝居の稽古場はそれほど堅苦しいものではないことを知ってもらおうと思ったのだ。

江口さんを皆で驚かすことによって、役者たちの気持ちを一つにするという狙いもあった。

江口さんが稽古場に現れた時、皆は浴衣姿で（もちろん僕も）、まるでそれが芝居の世界では当たり前かのように、普通にうろうろしていた。プロンプターの女性（添田さん）までが浴衣だった。江口さんの目が点になるのが分かった。（やっぱり演劇は浴衣だったのか……）。想像以上に彼の表情がシリアスなので、僕は慌てて言った。「それでは稽古を始めます。普段着に着替えて下さい」

それがサプライズであることを知った江口さんは、さらに愕然となった。ひょっとしてこの人は洒落《しやれ》が通じない人だったのか、とちょっと心配になったが、彼は嬉しそうに言った。「自分のためにここまで皆がやってくれるなんて、驚きました」

こうして江口洋介の演劇人生は幕を開けたのだった（この日は陪審員7号の温水洋一さんが遅刻。もうすぐ到着と連絡を受けた僕らは大急ぎで普段着に着替え、彼が稽古場に飛び込んで来た時は普通の格好になっていて、温水さん一人が場違いな浴衣姿で呆然と佇《たたず》むという、江口さんの逆バージョンも同時に楽しむことができました）。

なぜ僕？　大河への出演依頼

今年（二〇〇五年）の初めだったか、脚本家の大石静さんから、久々に電話があった。僕が連絡先を知っている数少ない同業者だ。

大石さんは、僕の人生を決めてくれた大恩人である。十二年前、初めてテレビの連続ドラマの話が来た時のこと。劇団を中心に活動していた当時の僕に、チャンスだからやってみなさいとアドバイスしてくれたのが、大石さんだった。やはり小劇場出身で、その頃からドラマ作家として活躍されていた大石さん。僕はその一言で、連ドラの世界に飛び込む決意をした。あの時の彼女の言葉がなかったら、僕は今、たぶんここにはいなかったはずだ。

大石さんが来年の大河ドラマを書くことは知っていた。「楽しみにしてますよ、頑張って下さい」と、先輩大河ドラマ作家を気取って、エールを送る。だが次の瞬間、彼女の用件を聞いて呆然となった。その大河ドラマに、役者で出て欲しいというのだ。作者直々の出演交渉。耳を疑った。なぜ僕に？

大石さんは、ずっと昔に僕が自分の劇団で役者として舞台に立っていたのを、覚えてくれていた。「三谷さんにね、どうしてもやって欲しい役があるのよ」

考えてみれば、去年、僕は自分の大河で同じようなことをした。劇作家の野田秀樹さんに勝海舟役で出て欲しいと直談判したのだ。立場がまったく逆になったわけである。しかし僕と野田さんとでは大きな違いがある。野田さんは学生時代から劇団の看板役者で、俳優としても凄い人だ。それに対して僕は、役者としてはど素人である。確かに昔は舞台に立っていたこともあったが、所詮、遊びの領域である。本格的に演技をした経験などまったくない。とても大河ドラマに出るなんて。

作品は、司馬遼太郎原作の「功名が辻」。戦国時代を舞台にした、山内一豊とその妻の物語である。大石さんは僕に、室町幕府第十五代将軍足利義昭をやって欲しいという。

その名前を聞いて、ちょっと気持ちが動いた。

足利義昭。いいとこを突いてくる。僕があの時代で一番好きなのが彼だ。たいした器ではないのに、全国の戦国武将を懐柔して、織田信長に抵抗、結局は信長に追放されてしまった最後の将軍。僕が小学四年生の時に初めて一年を通して観た大河「国盗り物語」では、伊丹十三さんが演じていた。

大好きな伊丹さんが演じた役を同じ大河で演じられる喜び。考えただけでワクワクした。僕の中のごくごく小さな、そしてほとんど消えかかっていた「役者魂」に、ほんのちょっとだけ火がついた。しかし僕は知っている。役者という仕事がいかに大変で、そして才能と技術が兼ね備わった人間しかやってはいけないということを。僕のような人間がホイホイと軽い気持ちでやるべきでは、決してないのだ。でも足利義昭……。

大石さんには、しばらく考えさせて下さいとだけ告げて電話を切った。そして一日半ほど考えて返事をした。

「やらせて頂きます」

義昭で夢見心地とパニック

来年（二〇〇六年）の大河ドラマ「功名が辻」、僕が演じる足利義昭は第六回から登場だ。最初に撮影したのは、明智光秀との対面シーン。衣装をつけ、メークをし、一時間ほどで義昭に変身。何事も形から入る僕にとっては、この段階でかなり気持ちが入る。新人俳優としては、誰よりも早くセット入りしたかったが、ADさんが呼びに来るのが遅れ、僕が到着した時は、光秀役の坂東三津五郎さんが待機していた。気まずい思いでご挨拶。スタッフにも紹介され、「よろしくお願いします」と頭を下げる。

元来の腰の低さが全面に出て、威厳も何もあったもんではなかったが、それでも屋敷のセットの上座に腰を下ろすと、気分は足利幕府最後の将軍（そのシーンはまだ将軍になる前だったが）。ここまでお膳立てが揃うと、タイムスリップして、義昭に乗り移ったような錯覚に陥る。三津五郎さんは、さすが歌舞伎の方なので着物の所作も決まっている。どこから見ても明智光秀だ。しかも隣には細川藤孝役の近藤正臣さんもいる。近藤さんといえば、「国盗り物語」の光秀だ。いわばダブル光秀に囲まれているわけで、大河ファン、歴史ファンの僕としては、もう卒倒寸前である。

しかし夢のような瞬間はここまで。リハーサルでは、考えていた演技プランが、演出家によってことごとく否定される。パニック。これまで僕は多くの俳優さんに演技をつけてきた。無理なお願いもした。今、その報いを受けている、そんな気がした。

指示された動きを再現し、覚えた台詞を言うだけで、精いっぱいだった。役作りをしている余裕などない。控室に帰って落ち込んだ。自分らしさって一体なんだ。これでは僕を抜擢《ばってき》してくれた大石静さんに申し訳ない……。

ゆっくり反省する間もなく、次のシーン。織田信長（舘ひろしさん）との初対面。事前にご挨拶する暇もなく、リハ。いきなり衣装をつけて目の前に現れた舘さん。堂々たる信長ぶりである。僕にはもう、戦国のトップヒーローが目の前にいるとしか思えなかった。

本番中、沈黙が訪れたので急いで自分の台詞を言ったら、それは舘さんの「間」だった。NG。慌てて舘さんに謝りに行く。向こうは舘ひろしでしかも信長だ。これほど緊張を強いられる相手役はいない。しかし素の舘さんは思いの他フレンドリーで、僕のミスにも、「ノープロブレム」みたいな感じでにっこり笑ってくれた。義昭は自分を将軍にしてくれた信長に「これより父と呼ぼう」と言うのだが、僕も舘さんをお父さんと呼びたいくらいだった。

撮影は深夜まで続いた。ようやく慣れてきて、少しは自分らしさが出せたかなと思ったが、最初の数シーンは正直、酷《ひど》い。あれを観た視聴者はどう思うのだろう。僕と仕事をした俳優さんたちは、何を思う？　そして妻は？　大半の人がいたたまれなくなって、画面から目をそらすような予感……。

江口さん、七転八倒経て輝く

さて、「12人の優しい日本人」の幕が開いた。江口洋介さん、いよいよ初舞台。稽古中の彼は、すべてが初めての体験なので、かなり戸惑っている様子だった。テレビドラマは、一つのシーンを何日も稽古したりはしないもの。積み重ねというより、カメラが回った時の瞬間の集中力が大切だ。それに対して舞台は、同じシーンを何度も繰り返し稽古し、そこから何かを見つけていく。「演じる」ことは同じでも、方法論がまるで違うのだ。

数日後、彼は僕のところへやって来た。「三谷さん、調子が出ない理由がやっと分かった」。彼が言うには、それは着ていたジャージに原因があった。ドラマの現場では、本番直前にセットでリハーサルをすることがほとんど。江口さんは、役を摑むため大抵はリハの時から衣装をつけている。つまり今まで彼は、稽古用のジャージで台詞を言ったことが一度もなかったのだ。違和感はどうやらそこから来ていたらしい。

とは言っても、他の役者さんが、動きやすい服（だいたいはトレーナーかジャージ）を着てい

る中、江口さん一人が衣装をつけて稽古をするのも変だ。ここは慣れてもらうしかない。江口さんも原因が分かってホッとしたらしく、それからしばらくして、稽古場ではジャージで熱演する江口洋介の姿が見られるようになった。

彼は盛んに「三谷さん、今、何パーセントのところまで来てるの」と聞いてきた。現段階で稽古がどのくらい進んでいて、自分が今、富士登山なら何合目に立っているのか、まるで分からないというのだ。一日五時間の稽古も、彼には信じられないくらい長かったらしい。肉体的にも精神的にもくたくたで、ある時、「三谷さん、俺は人生で今、一番疲れているような気がする」とつぶやいて稽古場を去って行った。その後ろ姿には悲哀さえ漂っていた。

確かに彼にしてみれば、ゴールが見えない長距離を走っているようなものだったろう。しかし、僕にはちゃんとゴールは見えていた。彼が自分が思っている以上に、この世界に向いていることも分かっていた。だから心配はしていなかったし、むしろ、初めての世界で七転八倒する江口さんの姿を観察するのが、彼には申し訳ないけど、ちょっと楽しみだった。

初めて劇場入りした時、舞台に立った江口さんは客席を見て呆然となった。「稽古場とまったく違う。ここには、そうか、こんな空間が広がっていたのか」。それはまるで、初めて海を見た少年のような驚きと恐怖と感動が混じった表情だった。

初日。さすがに出だしは緊張していたが、江口さんは堂々と二時間を演じきった。映像の世界で鍛えた集中力は、そのまま舞台でも通用した。ステージ上で、右手を挙げて指を一本突き出すだけで、お客さんの視線を一斉に引きつけることの出来る役者を、僕は久々に観た気がした。大型新人の誕生！

生瀬さん、途切れぬ集中力

前にも書いたが、幕が開いた後の演出家は、淋しいものだ。「12人の優しい日本人」が開幕して三週間。芝居も安定し、ダメ出しも少なくなった。というわけで、劇場にいてもほとんどすることがない。たまに俳優さんたちにたわいもないいたずらを仕掛けては、一人で喜んでいる。もちろん、本番直前まで台本で台詞を確認している鈴木砂羽さんや、自分の決め台詞を一人で何十回と呪文のように唱えている筒井道隆さんには、決してちょっかいは出さない。ターゲットは主に山寺宏一さん。本番では誰よりも落ち着いているし、朝の生放送を長年やっているだけに機転が利く。だから僕は安心して、彼のジャケットのポケットにそっとお饅頭を忍ばすことが出来るわけだ。

本番中、僕は客席の斜め上にある照明機材のスペースから眺めているのだが、ある時、もっと近くで観たくなり、舞台袖に降りてみることにした。

暗幕をめくって舞台のすぐ脇に立ってみる。客席からはぎりぎり見えない。役者たちは文字通り手が届きそうなところで演技をしている。まるで自分自身が十三人目の陪審員になったような臨場感だ。僕は手にしたバナナを剝きながら芝居に観入った。

ただしこの場所、客席からは見えなくても、舞台上の俳優さんからは丸見えなのである。早速、石田ゆり子さんと目が合う。椅子に座って、人の台詞を聞いている芝居をしながら石田さんは（気が散るので、そこにいないで下さい）という光線を、こっちに送ってきた。僕はその光線をかわし、彼女に向かって手を振った。やがて舞台上の小日向文世さんが目の前を通過。コヒさんは、お客さんには悟られず、僕だけに分かるように、顔の半分だけでそっと笑って、また離れて行った。

やがて芝居は佳境に入り、陪審員2号役の生瀬勝久さんの長台詞になった。稽古から何度となく観たシーンだが、そこにいるのは、僕の知っているいつもの生瀬さんではなかった。見た目は一緒でも、中身は完全に別人だ。集中した

時の役者さんの表情は本当に凄い。

生瀬さんは目の前二メートルまで迫ってきた。舞台下手《しもて》に立つ筒井さんを（彼は僕に背を向けている）、激しく問い詰めるシーン。間違いなく僕のことは目に入っている。さすがに（これはやりにくいだろうな）と思った。あまりに真剣な彼の表情を見ていると、目と鼻の先でバナナを食べている自分が無性に情けなくなった。

そっと場所を移動しようとするが、へたに動くと余計彼の気が散るような気がした。結局一歩も動くことが出来ず、生瀬さんが芝居の流れでその場を離れるまで、僕は硬直したまま、その場に佇むしかなかった。

終演後、生瀬さんがやって来た。「演出家、いい加減にしてくれ！」

断っておきますが、これは本番中に役者の邪魔をした演出家の話ではありません。何があっても決して集中を切らすことのなかった生瀬さんを誉め称《たた》えるエピソードとして、記憶に留《とど》めて下さい。

残念！　お正月ドラマが衝突

今年（二〇〇五年）ももう終わりです。一年が経つのは速いなあ、とこの時期になるといつも思うのだが、もうこれだけ生きているのだから、いい加減一年の速さに慣れろよ、と自分で突っ込みを入れたくなる。

この年末年始は、僕の関わった作品が連続して公開される。舞台は既に幕が開いているが「12人の優しい日本人」、映画が「THE有頂天ホテル」、そしてテレビドラマが「古畑任三郎」の三夜連続スペシャルと「新選組！」の続編「新選組!! 土方歳三最期の一日」。ちょっと働き過ぎではないかとよく言われるが、たまたま公開時期が重なっただけで、どれも去年から、たっぷり時間をかけて準備してきたものだ。

一つだけ残念なことがある。「古畑」の第一話と「新選組!!」のオンエアが、同じ日に重なってしまったのだ。一月の三日。「新選組!!」が午後九時から。「古畑」が九時三十分から。完全に被《かぶ》っている。

ショックだった。「自分の作品が同時に二つオンエアされるなんて、名誉なことだわ」と妻は慰めてくれるが、僕にしてみればこんなに恥ずかしいことはない。自己管理能力の欠如を世間に晒《さら》してしまったような、そんな気分だ。

第一、視聴者は同時に二作品は観られない。両方を楽しみにしてくれていたファンの皆さんに対して、失礼な話だ。

自分の作品同士で視聴率を取り合うというのは、作者としてとても哀しい。作品はどれも苦労して育てたわが子みたいなもの。争って欲しくはない。一皿のカレーライスを前に、長男と次男が大喧嘩しているのを、黙って見ているしかない父親のような気持ちだ。

お正月ドラマを二つの局から依頼された段階から、こうなることは予測できていた。当然僕も、そうならないように、両局のスタッフには早い段階でお願いしていた。フジテレビの方もＮＨＫの方も一生懸命努力してくれた。それでもこういうことになってしまうのだから不思議だ。オンエアがかち合って得する人なんて誰もいないのに。物事が悪い方へ転がる時って、こういうものなのかも知れない。例えば、自転車の乗り始めに、そっちへ行ってはいけないと分かっていながら、なぜか自然と道路脇の溝に向かってハンドルを切ってしまう、あの感じ。

本来は僕が間に入って、もっときちんと調整をしなければならなかったのだろう。それが出来るのは僕しかいないのだから。しかしちょうど時期的に映画の仕上げと重なって、自由に動けなかったのが痛かった。僕の責任です。ファンの皆さん、本当にごめんなさい。

で、僕自身は、当日どっちを観るのかという問題が浮上してくるのだけれど、結論から言えばたぶんどちらも観ないでしょう。二つの作品とも思い入れがあるし、スタッフに対する恩義もある。どちらか一方を観て、もう一方を録画するというわけにはいかないのだ。というわけでその日、僕は九時まで細木数子さんを見て、それから犬の散歩に出ます。

それでは来年もよろしく。

戌年の目標はとびとの交流

今年（二〇〇六年）でこの連載も六年。こんなに続くとは、正直思わなかった。さすがに慣れてはきたものの、やはり文章を書くのはしんどい。台詞を考えるのと、エッセイを書くのとでは、頭の使う部分がまったく違う。

今年の抱負です。去年は結構忙しかったので、一年間、楽に行きたいもの。四十代も中盤に差し掛かり、体力の衰えも感じるし。緩くゆるーく生きていこうと思っている。

戌《いぬ》年ということもあり、とびとのコミュニケーションも大事にしたい。このところ、仕事で家にいないことが多く、とびと一緒の時間が少なかった。映画のプロモーションで一日中取材を受けて、疲れて帰った時などは、とびの過剰な歓迎ぶりも煩わしいだけ。再会の嬉しさに（その日の朝別れたばかりなのに）、僕の足元で引っくり返り、脚を天井に向けてぐんと伸ばした状態で、器用に背中で移動しながらすり寄って来る「謎の生物」的とびを無視して、自分の部屋に直行したことも一度ではなかった。そそり立った脚の持って行き場を失ったまま、呆然とするとびの顔が、脳裏に焼きついている。

年末にこんなことがあった。仕事に行く直前、台所でごそごそ音がすると思ったら、とびが何かを食べている。床には空き箱。それは僕が博多に映画のキャンペーンで行った時に買った、ひよこ形のマカデミアンナッツチョコだった。一個一個が黄色い銀紙で包んであり、それにひよこの顔が描いてある。

とびは、滅多なことでは棚の上の物を食べたりはしないのだが、恐らく猫のホイが床に落としたのであろう。とびには、棚の物は食べてはいけないが床の物はいいという、自分で作った不文律がある。気がついた時には、一箱まるまる食べてしまっていた。
奴は満足感と罪悪感の合わさった複雑な表情でこっちを見ていた。マカデミアンナッツチョコをとびに全部食われた悔しさもあったが、犬にとってチョコレートはとても身体によくない食べ物であり、そっちが気になった。摂取量が

多いと、たまに神経をやられてしまうこともあるらしい。

慌ててとびの口に手を入れる。しかし時すでに遅し。仕事に行く時間が迫っていた。妻はロケでいない。かかりつけの病院に電話して、先生に状況を説明。発病するとしても数時間先だから、しばらく様子をみましょうと言われる。とびを残して僕は家を出た。その日は、一人(?)でのたうち回っているかもしれないとびを思い、仕事の間も気が気ではなかった。

結論から言えばとびは、今も至って元気。あの日、深夜に僕が帰宅すると、いつもと変わらない様子で、例によって倒れたテーブルのように床に仰向けになって脚をピンと逆立てていた。なんという強靭《きょうじん》な胃袋。数日後、散歩中に排泄《はいせつ》した彼のうんちの中に点在していた、無数の黄色いひよこの顔はかなり気持ち悪かった。

手間の掛かる奴だけど、犬を飼うとは、そういうこと。今年は出来るだけ遊んでやるつもりです。

風邪の妻のため卵、卵、卵…

新年早々、妻が風邪で倒れた。年末、ドラマの撮影が深夜まで続き、それで体調を崩したらしい。まず声がかすれてきて別人のようになった。こんな機会は滅多にないと、清水ミチコさんに電話。留守電に「明けましておめでとうございます、バイオリニストの高嶋ちさ子です」と吹き込んだ。正月二日あたりから熱も出始め、ついに妻は寝込んでしまった。

食欲がなくなった妻に、何か栄養をつけさせようと考える。「新選組！」で近藤勇の妻のつねさんが夫に「ふわふわたまご」を作ってやるシーンを思い出した。実際に江戸時代の文献に残っている料理だ。スタッフから頂いた資料にはちゃんとレシピが載っていた。台本を書くに当たって、その通りに作ってみたところ、これがおいしかった。あれなら病床の妻も食べられるだろう。

というわけで「ふわふわたまご」を作成。肝心のレシピはどこかに行ってしまったので、記憶だけが頼り。だし汁で溶き卵を煮るだけの簡単な料理だが、これが思うようにいかない。以前はうまく出来たのだが、大事な工程を一つ忘れてしまったのだろうか。ふわふわどころか、雨に打

たれたスクランブルエッグみたいになった。捨てるのはもったいないので、自分で食べた。味は悪くない。具のない茶碗蒸しみたい。その時、思いついた。だったらいっそのこと、茶碗蒸しを作ってみよう。

蒸し器を用意し、卵をだし汁で溶いてから中に入れる。蒸す時間が分からず最初の一個は、表面が月みたいになってしまって失敗（これも僕が食べた）。二回目で成功。見た目はシンプルだが結構おいしそうだ。一つ食べてみる。文句なしの茶碗蒸し。早速、妻にも食べてもらう。「うん、これなら口に入る」と絶賛。僕の作った料理を無条件で誉めてくれることは滅多にないので、よほどおいしかったのだろう。

「これ、だし汁の代わりに牛乳を入れたらプリンになるね」と妻。調子に乗って、今度はプリン作りに挑戦する。牛乳で卵を溶いて、蜂蜜も混ぜて、蒸す。出来た代物は、ベチャベチャでとてもプリンとは呼べなかった（これも僕が食べた）。妻から、牛乳を温めなかったからよとアドバイスを受ける。

もう一度トライ。今度は一度火を通した牛乳に卵を混ぜて、それを蒸す。確かにうまく出来た。プリンと言うにはかなり素朴だったが、食べてみると、紛れもなくあの味である。これに茶色いカラメルが掛かっていれば完璧。冷蔵庫で冷やしてから、砂糖を煮詰めて茶色くなったものを上から掛ける。するとバリバリバリバリと急激に固まってしまい、イメージとまったく違うものになった。やり直し(失敗作は僕が食べた)。カラメルが固まらない方法を思いつけなかったので、そっちは諦め、当初のシンプルなもので完成とした。妻のもとへ持って行く。これも彼女は喜んで食べてくれた。少しは元気が出てきたと、妻。しかし心配なのはこの僕だ。この日僕は都合六個の鶏卵を食べた。身体壊さなければいいが。

動員百万人、不思議な気分

僕の三本目の映画になる「THE有頂天ホテル」が公開された。年末年始における怒濤《どとう》の宣伝活動については、おいおい語ることにして、まずはお礼を。

信じられないことだが、公開日とその翌日の日曜日で、合わせて四十一万人の皆さんがこの映画を観てくれたそうです。そして公開一週間余りで、動員百万人を突破。お礼の舞台挨拶もやりました。一本目の「ラヂオの時間」は興行収入が七億円、次の「みんなのいえ」が十二・五億円。そして今回は、既に「みんなのいえ」を超えており、最終的には四十億円まで行きそうな勢いだという（東宝の方が言ってました）。

アニメでもないし、原作もないし、ホラーでもSFでもアクション物でもないこの映画を、こんなに大勢の人が観てくれている。ありがたいことです。

一週間で百万人。これは演劇の世界の人間にとって、まさに想像を絶する数字である。もしパルコ劇場で、僕の芝居をそれだけのお客さんに見て貰うとしたら、一週間八ステージで、ほぼ六年かかる計算だ。それを一週間で達成してしまうのだから、映画というのは凄い媒体である。

自分の携わった作品が全国で上映され、大勢の皆さんに楽しんで貰っているというのは、実に不思議な気分だ。「西遊記」の孫悟空は、窮地に立つと髪の毛を抜いて、それにフッと息を吹きかける。するとそれが自分そっくりの無数のミニ悟空となり、そいつらが分散して敵と戦う。なんだか、それを思い出した。

そんなわけで、とりあえず一安心。映画をやってみて分かったことだが、舞台と比べてはるかに関わる人数が多い。確実に一桁は違う。それだけお金も時間もかかる。その分、完成した時の喜びも大きく、今回みたいに大入りになると、さらに嬉しさも倍増だ。
もちろん動員数を伸ばすのが最終目標ではない。けれどもこれだけ沢山の人が携わり、多くの苦労を重ねて完成したのだから、やはり一人でも大勢の皆さんに観てもらいたい。スタッフも大ヒットの報告をすると皆さん、喜んでくれ

た。正確には、お客さんが多いのが嬉しいというより、喜ぶスタッフの顔を見るのが嬉しいのだ。

今回のエンドクレジット。監督の名前は最初か最後に一番目立つ形で出すのが普通だが、僕はそれを断った。今でもはっきり覚えているが、「ラヂオの時間」の完成披露試写会でのこと。クレジットのトップに僕の名前が出た瞬間、客席から拍手が起こった。客席の隅で観ていた僕は、ドーンと気持ちが引いた。自分一人が誉められているみたいで、申し訳なくて、身を低くし椅子の背に隠れた。

映画も三本目なので、少しは我がままも言えるようになり、今回は出来るだけ目立たない形で名前を出してもらうようにした。プロデューサーたちの名前が出た後、さり気なく「脚本と監督」として僕の名前が出る。撮影の山本さんや照明の小野さん、美術の種田さん、録音の瀬川さんたちと同じグループだ。本当にこれでいいんですか、とスタッフには念を押されたが、それでいいのである。彼ら生粋の「映画屋」と一緒に自分の名前が並ぶ。それこそが僕の誇りなのだ。

子供番組、生放送の司会を

映画の宣伝活動で、今回も様々なテレビ番組に出演させて貰った。やはりテレビの影響力というものはすさまじく、このところ道を歩いていると、やたら声を掛けられる。これまでの経験から言って、この状況が続くのはもって半年。それ以降は「あれ、あの人誰だったっけ」的な視線をたまに浴びるくらいか。そういう意味でもテレビというものは怖い存在だ。

映画の宣伝をさせてもらうからには、僕としても精いっぱい番組を盛り上げるよう努力する。つまらなそうにしていては、スタッフに申し訳ないからだ。画面を見ていて、本当にこの男は出たがりだなと思われた方もいらっしゃるでしょうが、別に好き好んではしゃいでいるわけではないのです（なんだか前にも同じことを書いたような気がする）。

今回一番大変だったのが、朝の子供向け情報番組「おはスタ」。

「12人の優しい日本人」に出演している山寺宏一さんが司会の長寿番組。前回の映画の時も出して貰っていて、今回もぜひひと「12人の優しい日本人」の楽屋で山寺さんと話していたら、ちょうど映画が公開される頃は、山寺さんは舞台の大阪公演で番組をお休みする時期と重なっていた。山寺さんがいないところで、僕だけ出演するのもおかしな話なので、今回は出演はないなと思っていたら、番組の方から、「山寺さんに代わって司会をお願いできませんか」という打診があった。

世の中には凄いことを考える人がいるものだ。普通の感覚なら、この僕に生放送の司会をさせようという発想はまず生まれない。機転も利かないし、段取りを覚えるのも苦手、およそＭＣ（司会）には向いてない人間である。しかも生放送。無茶苦茶になるのは目に見えている。

しかしそれを見越した上で、あえて僕に司会をやらせようという番組スタッフの柔軟な思考に、僕は心を打たれた。無茶苦茶になるかも知れないが、その無茶苦茶を楽しんでしまおうと、彼らは考えたのだろう。そういう、なんでもありの発想が、きっとこの「おはスタ」を長寿番組にしたのだと思う。僕は二つ返事で臨時の司会役を引き受けた。

自分が子供番組で司会をやっている姿はまったく想像できなかった。でも生放送だし、まあ一日くらいなら恥をかいたっていいや、と開き直る。だから「三日間お願いします」と言われた時には、さすがに気が遠くなった。しかし、もう後には引けない。

映画の宣伝部の人たちは、僕が断ると思っていたようだ。むしろ断って欲しかったのではないか。毎朝五時半にスタジオに入らなければならないし、大変なわりには子供番組なので、宣伝効果も少ない。僕にもそれは分かっていた。それでもやる気になったのには、もうひとつ理由があった。実は九年も続いているこの番組を、山寺さんは今回の舞台のために初めて一月近く休むことになったのだ。つまりこれは山寺さんに対する恩返しでもあるのだ。宣伝部の皆さん、つき合わせてごめんなさい。(続く)

謎の人物「コーキー」参上

「12人の優しい日本人」の大阪公演出演中の山寺宏一さんのピンチヒッターとして、朝の子供向け情報番組「おはスタ」に三日間司会役として出演した（生放送）。

普段は絶対かけない赤い縁の眼鏡、普段は絶対に着ないカジュアルなシャツ、そして普段は絶対にはかないジーンズ姿で、僕は「コーキー」と名乗る正体不明の男として番組に登場した。

構成作家だった頃、バラエティー番組の進行台本をよく書いた。MCの皆さんはまず台本通りには言わない。もちろん彼ら自身の言葉で喋った方が面白いのでそれは当然なのだ。台本はあくまで流れを確認するためのもの。ただこっちも書くからには頭をひねって、なるべく面白い言い回しや、軽いジョークを台本にちりばめる。だからそれがMCの目に留まって本番で言ってもらえた時は、たった一言でも嬉しかった。そういうことは滅多になかったけど。だからこそ自分がMCになったからには、可能な限り台本通りにやろうと誓った。

本番中、やたら「コーキー」と叫んで、その度に手でポーズを取り続けたのも、もちろん台本

にあったから。人生でこんなに自分の名前を連呼したことはなかった。生まれてから一度もやったことのない「古畑任三郎」の物真似もやりました。リコーダーも吹いたし、「ぶらり途中下車の旅」滝口順平さん風のナレーションも。

とにかくこういう時は照れていてはダメだと思い、三日間ひたすらハイテンションで押し通した。

もちろん山寺さんのように流暢《りゅうちょう》には喋れないし、進行も出来ない。番組が破綻《はたん》するのはやる前から分かっていた。あとは、素人がいきなり生放送の司会をやらされているという、極めて不条理な状況をいかに「面白さ」に転化させるか、それが僕に課せられた使命だと思った。スタッフの狙いもそこにあったようで、本番中、内緒で様々な仕掛けが用意され、リハーサルと違った展開になることが多々あった（ガードマンがいきなり立ちはだかったり、脈絡もなく豚が出てきたり）。

なにより僕にとっては生放送というのが良かった。反省する暇がないのである。どんなことも、やってから落ち込むタイプなので、我に返る瞬間があると、すぐに気が滅入《めい》ってくる。だが「おはスタ」に関しては、自分がどんな風に映っているのかも分からないまま、一気に駆け抜けることが出来た。自分の姿をモニターで確認する余裕すらない。

初日は番組内で試食したメロンパンのカスが、ずっと口のまわりに付着していたらしいが、まったく気づかなかった。録画したテープは今もまだ観る勇気はない。

それにしても、突如番組に現れて、あらゆる約束事を無視、現場を引っかき回し続けたこの謎の男を、テレビの前の子供たちはどういう思いで観ていたのか。それは知る由もないし知りたくもない。

初日の放送が終わった直後、戸田恵子さんからメールが来た。「見ていてとても切なかったです」。戸田さん、それは絶対言ってはいけない一言です。

恨まれていたとは意外です

映画の宣伝で多くのテレビ番組に出させて頂いたが、中でも印象に残っているのは、阿川佐和子さんと爆笑問題がやっている日曜夜の「スタ☆メン」。生放送中に、爆笑問題の太田光さんは、いきなり僕への恨みつらみをぶちまけた。

その時の太田さんの言い分を要約するとこんな感じである。

自分にとって彼（僕です）は大学の先輩。歳もそう変わらない。在学当時から主宰する劇団は飛ぶ鳥を落とす勢い。それに比べて自分は将来のビジョンもなく悶々とした生活を送っていた。彼の舞台は面白いと聞いていたが、悔しいので一度も観に行かなかった。そして今、彼の作った新作映画を観たらこれが面白く、自分と彼との距離が二十年前とまるで変わっていないことに愕然とした。

結果的には映画を誉めてくれたので、僕としては感謝しているのだが、彼の発言には実は異論があった。番組の流れを考えて本番中はあえて反論はせず、その時は太田さんの生涯の天敵を演

じるよう心掛けたが。
事実はまるで違う。太田さんの記憶は、ほとんどが誤解に基づいている。大学時代、僕の劇団は人気があるどころか、五百人の動員すらおぼつかない状態だった。同世代の劇作家が華々しく活躍しているのを見て、悔しさのあまり一度解散しているくらいだ。
卒業後、僕は演劇に見切りをつけ、知り合いの紹介で放送作家の事務所に入る。何年経っても情報番組の下調べしかやらせてもらえず、ここでも挫折感を味わう。たまたま深夜に「やっぱり猫が好き」というドラマを観て、「自分が本当にやりたい仕事はこういうものなんだ！」とテレビの前で叫んだのを覚えている。しかもそれを書いていた脚本家は、僕と同世代の人。僕は自分が無性に嫌になり、受け持っていた番組をすべて降りて、事務所も辞めた。
僕にテレビ界からの撤退を決意させた当の番組スタッフから、その直後に偶然お誘いを受け、そこから僕のドラマ作家としての人生が始まるわけだが、つまり二十代の自分は、太田さんが思っているような順風満帆では決してなかったのだ。それどころか、この日彼が僕にぶつけた感情と同じものを、僕も同世代の劇作家や放送作家に感じていたのである。

太田さんは、大学時代には面識はなく、彼がテレビで活躍するようになってから、何度か番組でお会いしていた。まさか僕にそんな感情を抱いていたとは。

でもおかしいよ、太田さん。そもそも僕らは出発点が同じなだけで、全然職種が違うのだから。それにあの時は言わなかったけど、僕は爆笑問題を心から尊敬している。テレビの中の彼らは、テレビの住人でありながら、テレビの世界から一歩引いている感じがする。醒《さ》めているのだ。醒めているからどんなにふざけても「大人」の匂いがする。だから下品な感じがしない。

太田さんが僕に嫉妬しなければならないのは、僕が妻と夫婦漫才を始めて、爆笑問題より受けが良かった時です。あり得ないけど。

ベストの寝場所は左わき？

今年（二〇〇六年）に入ってから、妻はテレビドラマの収録、そして僕は歌舞伎の稽古と、珍しく二人とも家にいないことが重なった。そういう場合は、動物たちの世話はペットシッターさんにお願いしている。

仕事から帰宅すると、リビングのテーブルの上に伝言ノートが置いてある。とびが散歩でどこに行ったか、ネコたちはちゃんとウンチをしていたか、エサは残さず食べたか、事細かに記されている。

先日、そのノートに「ホイちゃんの元気がありません」とあった。ホイは三年前、拾った捨てネコ。近所の公園で瀕死《ひんし》の状態でいるのを散歩中のとびが発見した。僕も妻も、おそらく長生きしないだろうと思っていたホイだったが、今では我が家のネコの中でもっともむっちりしている。あとの二匹の老猫たちが寡黙に寝て暮らす中、ホイだけは意味不明の言語を発しながら一日遊んでいる。とびとの相性も良く、よくお互い全身を舐め合っている。とびの方が十倍はでかいのだが。
そのホイが、ペットシッターさんのノートによればまったく夕食をとらなかったというのだ。そう言えばあれだけおしゃべりだったホイが、この数日は無口になっている。具合でも悪いのか。

翌日の朝もホイは食事を残し、そしてさらにその夜も、ペットシッターさんによれば、ご飯を食べなかった。僕が帰宅しても、出迎えてくれない。抱き上げてみると、心なしかぐったりしている。妻と相談し、翌朝も元気がなければ、出かける前に僕が病院に連れて行こうということになった。

その夜、ホイを抱いて寝た。僕の左わきの下は、どういうわけかネコたちにとって最高の寝場所となっている。ネコたちは寒い夜は僕の身体にくっついて眠る。一番居心地がいいのは、どうやら左のわきの下で、次が右わき、そして最下位が股間という順になっている（僕にしてみれば寝返りが打てないので辛いのだが）。ここ数日左わきの下はオシマンベが独占していたが、この日は特別にホイにこのスペシャルスイートを与えてやった。ホイはわきの下にすっぽり納まり、やたら嬉しそうに僕を見つめた。

こっちはすぐに寝てしまったが、翌朝目覚めると、まったく同じ体勢でホイはそこにいて、同じように僕を見つめていた。その日の朝は、ホイは残さずご飯を食べた。元気も戻ったようで、いつもの意味不明のつぶやきも復活。

「淋しかったんだね」と妻。僕が拾ってきたこともあり、ホイの僕に対する依存度は相当なものがあった。家にいる時は、もう勘弁してくれと言いたくなるほど、ホイはずっと僕を見つめ続けている。常にそばから離れず、トイレにしゃがんでいる時でさえ、足元のズボンの上に鎮座している。

そんなホイだから、この数日、僕がかまってやれなかったので、精神的にまいってしまったのだろう。のほほんと生きているようで、彼らは意外とナーバスなのである。と、この原稿を書いている間も、ホイは膝の上で満足そうに、意味不明の言葉を発し続けているのです。

歌舞伎の稽古は驚きの連続

今度は歌舞伎です。まったくの新作を書いて演出する。市川染五郎さんとの九年越しの約束を果たすことになる。

ほとんど知らない分野だ。もちろん何度か観に行ったことはあるが、自慢出来るほどの本数ではない。最近は野田秀樹さんが演出した作品を観に行ったくらいか。そういえば「研辰《とぎたつ》の討たれ」の時、カーテンコールで舞台上から中村勘三郎さんに「あんたも歌舞伎を書け」とアピールされたっけ。

実際に飛び込んでみると、これがまさに異次元の世界。稽古の初めに「顔寄せ」というのがあった。普段僕らが舞台や映画の現場でやっている「顔合わせ」とはまったく違う。皆でテーブルを囲んで自己紹介し「よろしくお願いします」と言い合うような生半可なものではないのだ。畳の上に、スタッフとキャストが向かい合って座り（それもかなり距離が近い）、進行はあくまでも厳か。最後は手締めまであるのだ。まるで横綱の襲名式。えらいところに来てしまったというのが正直な印象だった。

スタッフ会議における着物率が異様に高いのも驚き。今まで僕の関わった舞台作品で、会議に着物を着て来る人は皆無だったし、いたらきっと「何やってんですか」と皆に突っ込まれていたはず。それが今回は普通に皆さん、着物姿で参加されているのだ。それも若い人たちが。

そうなのだ、スタッフが若いというのは逆の意味でびっくり。歌舞伎のスタッフはご高齢の人ばかりだという思い込みがどこかにあったのかもしれない。衣装小道具関係に、若干高齢化が進んでいる気配があったが、長唄や鳴り物といった音楽関係の皆さんは、ほぼ僕と同世代か、それより下だ。

ツケ打ちというのをご存知ですか。立ち回りなどの時に、パンッパンパンパンパンッと木を叩く音がするでしょ。いわゆる効果音（現場で役者さんたちは「パラください」などと言っている）。決して人を斬《き》った時のリアルな音ではない。聞いているだけで妙に気持ちが高揚する、そ

ういう意味では効果音というよりむしろ掛け声に近い、歌舞伎ならではの不思議な手法である。それだけに歌舞伎を歌舞伎たらしめている、かなり重要なアイテムでもある。

このツケ。どんな人が音を出しているのか。イメージで言えば、宇津井健さんみたいな熟練の職人さんかなと思っていたら、今回のツケ打ち担当は、森山未來さんを髣髴《ほうふつ》とさせる、なんとまだ二十代の若者だった（福島さんといいます）。

話を聞いてみたら、彼は大道具さんの出身で、ツケを始めてまだ二、三年だという。なぜに大道具さんがと思ったら、そもそもツケ打ちは大道具の仕事の一つなのだというのだから、さらに驚いた。つまりカナヅチで釘を打つのと同じジャンルなのである。

音を出す時に使う、ピカピカに磨かれた拍子木みたいなものを見せてくれた福島さんは、既に職人の顔だった。

さて、そんなわけでこれからは、しばらく歌舞伎漬けの毎日です。

「歌舞伎サイコー」の若手たち

歌舞伎を書かないかと誘ってくれたのは、市川染五郎さん。お父さん（松本幸四郎さん）や姉（松本紀保さん）、妹（松たか子さん）とも何度も仕事をしていて、家族全員と面識がある、僕にとっては不思議な関係だ。

今回の舞台には、市川亀治郎さんや中村勘太郎さんといった、次代の歌舞伎界を背負って立つ若手たちが参加している。稽古場の彼らを見ていると、えらく仲がいいので、驚いた。いつも輪になって楽しそうに話している。じゃれ合っているといってもいい。

しかし仲は良いけれど、不思議と友達という感じはしない。友達同士というものは、特に三十歳を過ぎると、公の場ではもう少しよそよそしいものだ。仕事仲間というのも、ちょっと違う。それにはあまりに無防備すぎる。彼らの間には利害関係みたいなものは一切感じられない。一番近いのは「家族」だろうか。歌舞伎界は大きなファミリーなのかもしれない。実際、染五郎さんと勘太郎さんは親戚だし。

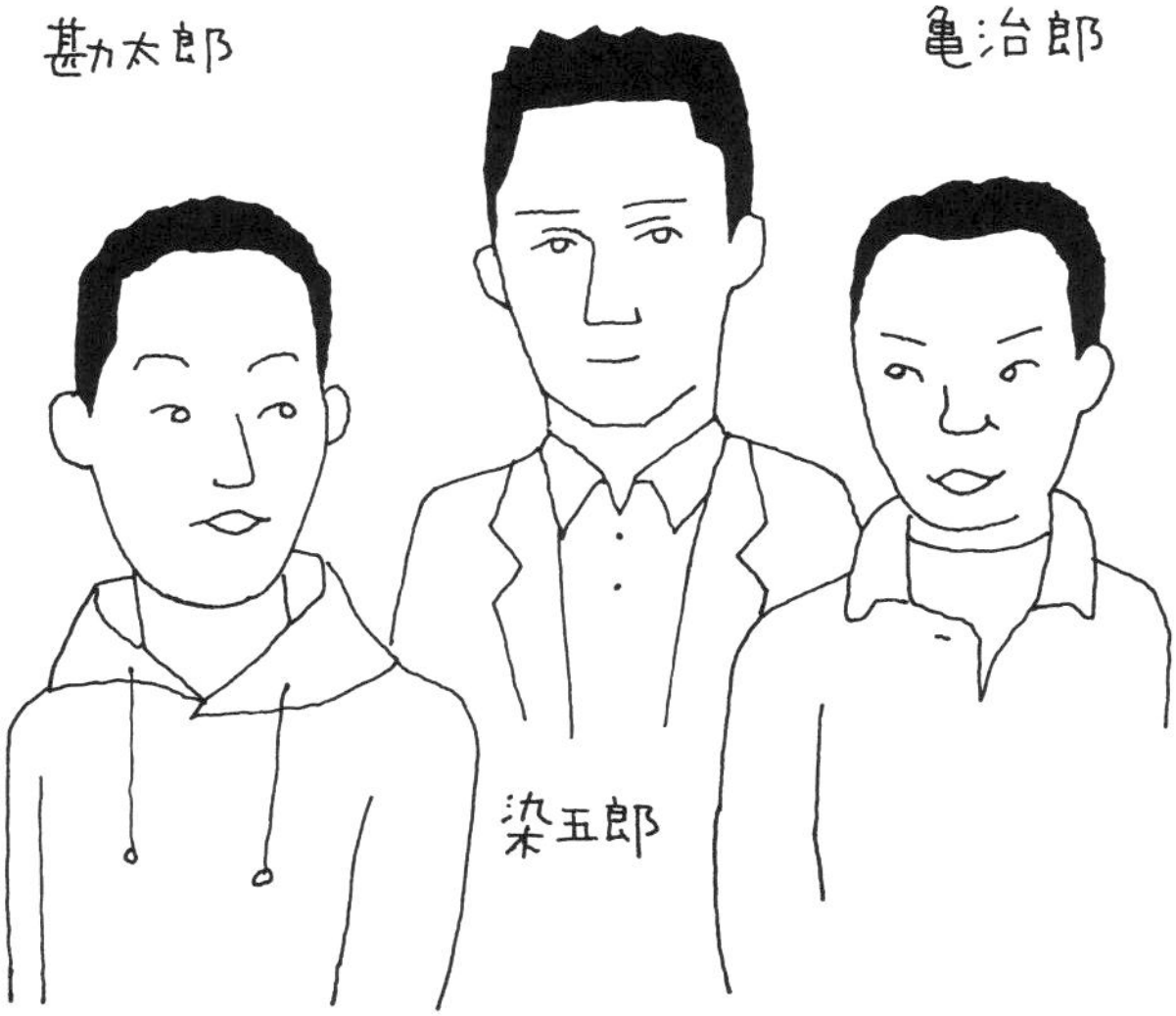

彼らは生まれながらの舞台俳優である。物心つく前から、歌舞伎役者になることを義務づけられてきた人たちだ。一年の大半を舞台の上で過ごす彼らも、平素は驚くほど普通の青年だ。普段着で街を歩いていると、とても伝統芸能の世界に生きている人には見えない。時折、妙に芝居がかった動きが出ることもあるが（呼ばれて振り返る時に、通常の人よりもやや大きめに弧を描くとか）、まあ、注意して見ていないと分からない。

多少変わっているといえば、亀治郎さんか。かなりの几帳面で、本人の話によると、ボウリングをする時も、ボールの穴を綺麗に拭いてからでないと指を入れないほどの綺麗好きだという。カレーライスを食べる時に、全体にルーを掛けるのではなく、盛られたライスの中央に穴を開け、そこにそっとルーを流し込むのが「亀流」の食べ方らしい。ご飯が汚れるのが嫌いなのは分かるが、そこまでする人には会ったことがなかった。

染五郎さん、亀治郎さん、勘太郎さんの三人に共通するのは、頭の回転が速いこと。稽古の時も、僕の要望を瞬時に把握してくれる。頭がいいから、場の空気を読むのもうまい。

そしてなにより芝居に懸ける情熱の凄さ！　彼らは心底歌舞伎が好きなのだ。だってよく聞いていたら、あの人たちは普段は歌舞伎の話しかしてないのですよ。年がら年中、芝居のアイデアを練っている。あそこのシーンは、○○という演目の○○のようにやりたいとか、そんな話ばかり。

正直言って、僕自身は脚本家という職業に対して、彼らほどの情念は持ってはいない。もちろん嫌々やっているわけではないけど「いやあ脚本家って、楽しくて楽しくてしょうがないですよ」と人に自慢は出来ない。だが彼らはそれが出来るのだ。そんな場面を見たことはないが、絶対出来るはずだ。「いやあ歌舞伎役者の家に生まれて本当に良かったですよ。歌舞伎サイコー」と何のてらいもなく言えるのだ、彼らは、たぶん。つくづく凄いことである。

大好きだったマクギャビン

というわけで歌舞伎歌舞伎の毎日なのだけど、今回は別件です。

二月の末にあるアメリカの俳優が亡くなった。映画で主役をやるタイプの方ではなかったので、訃報を読んでも、おそらく大半の人はピンと来なかったのではないか。追悼文を書く人は、日本ではほとんどいないと思うので、僕が書くことにする。

ダレン・マクギャビンを日本の俳優さんに当てはめると誰になるのだろうか。一番しっくりいくのは、こちらも亡くなってしまったが藤岡重慶さん。一見強面《こわもて》だが、実は優しいたたき上げの刑事のイメージ。マクギャビンの方がもう少し皮肉屋さんの趣があるけど。

重慶さんがレインコートを着ていると鬼刑事にしか見えないが、同じコートでもマクギャビンが着ると、三流新聞の記者だ。田中邦衛さんのアクをもっと強くして、思いっきり早口にした感じ。見た目で似ているのは自民党の野中広務元幹事長か。あの人の鼻を大きくして、ヨレヨレのコートを着せて、ヨレヨレのパナマ帽を被せれば、ダレン・マクギャビンの誕生だ。

僕のような海外テレビドラマのファンにとっては、マクギャビンといえばカール・コルチャック。オカルトミステリーコメディー（?）「事件記者コルチャック」の主人公だ。彼が主役を演じているというだけでも珍しいドラマ。主役といえば「探偵マイク・ハマー」もあるけど、やはりマクギャビンといえば、コルチャック。

タフで頭が切れて男気があってちょっとエッチで、思い切り不運な（これが並の不運ではなく、毎回、宇宙人と遭遇したり狼男に追いかけられたりする）地方記者を、ダレンはノリノリで演じていた。どうしてノリノリと分かるかと言えば、なにしろアドリブ連発なのだ。画面を観ていてそれが分かる。捨て台詞てんこ盛り。たまに笑いをこらえている共演者もいる。しかも吹き替えの大塚周夫さんがはまり役で、ちょっと江戸っ子が入ったべらんめえ口調で「畜生やってられっかいニャロメ！」などと叫ぶのである。アメリカ人なのにニャロメ。これがまたドラマの雰囲気に合っていて、中学生だった僕は、こんなに面白いドラマがあるのかと、毎週食い入るように観ていたものだ。

酸いも甘いも嚙み分けた大人の男を演じ続けたマクギャビンだが、酸いも甘いも嚙み分けられない、どうしようもないおっさんを演じさせても見事だった。TVムービー「ラスト・カウントダウン」では、世界を崩壊の危機にさらす、タカ派の政治家役。これがまたどうしようもない単細胞のお馬鹿さんで、第三次世界大戦勃発寸前に、彼が臨時大統領に任命された時は、こんな男に世界を任せたら地球は滅びると本気で心配してしまったくらいの、はまり役だった。

決してメジャーな俳優さんではなかったが、記事によれば晩年「TVキャスター マーフィ・ブラウン」でエミー賞を貰ったらしい。あまり賞には縁のなかった人だったが、最後の最後に花開いたわけで、実に格好いい役者人生だったと思う。

底知れぬ歌舞伎役者パワー

作・演出を担当した新作歌舞伎「決闘！高田馬場」の幕が開いた。

正直言って、こんなに客席が沸いている芝居は、ちょっと観たことがない。他人《ひと》の舞台にはあまり足を運ばないので分からないが、自分の作品に関して言えば、ほとんど毎回がスタンディングオベーションというのは、生まれて初めてのこと。こんな風に書くと、「また三谷が自画自賛している。映画もヒットしてちょっと有頂天になっているんじゃないか」と言われそうだが、事実なのだからしょうがない。

とはいえ、ここまでお客さんが喜んでくれるのは、実は僕の力でもなんでもない。若き歌舞伎役者たちのパワーと、そして「歌舞伎」そのものが持っている底力のお陰だと思っている。僕は彼らのお手伝いをしただけ。だからこそ大手を振って、「自画自賛」出来るわけなのです。

劇中、市川染五郎さんが突然「イナバウアー」を披露するシーンがある。客席は拍手喝采。台本にそんな場面はない。染五郎さんのアドリブである。他の芝居ではあり得ないことだ。普段の

僕の舞台でこんなことをやったら、お客さんはドン引きだ。それがなぜ今回は成立してしまうのだろう。どうもその辺に、この歌舞伎の持つ魅力の一端があるような気がするのである。

なぜお客さんは「イナバウアー」で笑うのか。

もちろんタイムリーなネタではある。言葉としての面白さもある。その上、染五郎さんの言い回しも見事だ。彼は身体をのけぞらせた後、なぜか「イナバウアー」と囁くように言う。押し付けがましくないからこそ、おかしい。そこに彼の役者としてのセンスを感じる。

しかし、やはり一番の要因はこういうことではないか。古典芸能であるはずの歌舞伎の世界で、歌舞伎役者の市川染五郎がそんなことを言ったりやったりすることの面白さ。どうやらお客さんは舞台上の人物を、主人公の中山安兵衛というよりも、市川染五郎として観ているようなのである。考えてみれば当たり前で、元禄時代の浪人である安兵衛は決してイナバウアーと叫んでのけぞったりはしない。そう、お客さんは、イナバウアーをやってみせる市川染五郎自身に拍手を送っているのだ。

ラスト。安兵衛は叔父の助太刀に高田馬場に向かって全力疾走する。ここも大盛り上がり。観客の中では、江戸を駆け抜ける中山安兵衛と、舞台上を走りまくり、おまけに早替わりに次ぐ早替わりで汗だくになっている市川染五郎とが、確実に重なっている。熱い手拍子は、明らかに役者そのものに向けられたもの。

歌舞伎を観るということは、歌舞伎役者を観るということではないか。そう考えた時、染五郎さんがかつて言った「歌舞伎役者が出ていれば、歌舞伎なんです」という言葉の真の意味が、初めて分かったような気がした。

それにしても、このハードな舞台がほぼ一月、休みもなく続く。お客さんに喜んでもらうため、市川染五郎は月末までイナバウアーをやり続けるのである。

役者もスタッフも走る・走る

無事千秋楽を迎えた「決闘！高田馬場」。クライマックスでは、中山安兵衛とその仲間たちが、長屋のある八丁堀から高田馬場の決闘場まで一目散に駆け抜ける。阪東妻三郎版の映画「血煙高田馬場」でも有名なシーンだ。

あの疾走感をなんとか舞台で再現できないものかと考え、長唄と義太夫に乗せて、盆（回り舞台）や早替わりやセリといった歌舞伎ならではの手法を投入。さらに映画で言うところのワイプ（画面が横にスライドして次のシーンに移る手法）を、巨大なシャワーカーテンのような幕（通称ブレヒト幕）を横切らせることによって表現。舞台では昔からある手法だが、これが効果的で、まるで映画のカットバックのような感じになった。

「ＴＨＥ有頂天ホテル」の美術を担当してくれた種田陽平さんが、舞台を観てこんなことを言った。「三谷さんは映画では長回しを多用して、舞台ではカットを細かく割っている」。やっぱりへそ曲がりなんだろうか。

これだけ素早い場面転換が続くと、舞台の裏側はまさに大運動会状態だ。役者も走るがスタッフも走る。一瞬でもタイミングが狂えば、すべてが台無しになる世界である。激しい緊張感の中、大勢の人間が暗がりを駆け回る。僕の芝居の中でも、これほど沢山のスタッフが関わった作品はない。ミュージシャンも含めて全員のチームプレー。「お芝居って、共同作業なんだなあ」と、改めて演劇青年のような気持ちになってしまいました。

今回は、歌舞伎ならではのスタッフもいる。例えば狂言作者の竹柴康平さん。役割は舞台監督に近い。稽古中は、僕と歌舞伎側のスタッフとの間に立ち、通訳のような仕事をしてくれた。

柝《き》を打つのも彼の役目。そして安兵衛が読み上げる長文の手紙を実際に書いているのも彼。染五郎さんが芝居中でくしゃくしゃにするので、毎日新しいものを書かなくてはならない。彼は幕が開いてからも、時間を見つけてはいつも筆を走らせている。

もちろん実際の舞台監督さんもいる。こちらは僕の芝居にいつも付いてくれている松坂哲生さん。今回もお世話になりました。

ある時、本番中に突然照明ライトの一つが割れるというアクシデントが起きた。役者の目の前にガラスの破片がパラパラと落ちてくるという、かなり危険な状態。床は暗転中にスタッフが総出で掃除をしたが、それでもどこにガラス片が残っているか分からない。ラストは染五郎さんが裸足で舞台上を駆け抜けることになっている。僕らは不安なまま、なす術《すべ》もなく袖から役者たちを見守った。

ふと舞台監督席に目をやると、テーブルの上には絆創膏《ばんそうこう》がズラリ。一つ一つが、万一の時にすぐにでも貼れるような状態になっていた。何に対しても用意周到な松坂さんの仕事だった。まるで整列して出動を待つ消防隊員のような絆創膏たちの雄姿に、僕は目の奥が熱くなった。そして、再び確信したのだ。そう、お芝居は共同作業なのです（結果的には彼らの出動はありませんでした）。

鎧を着けたら不死身の気分

大河ドラマ「功名が辻」ではついに、室町幕府が織田信長によって滅ぼされた。僕が演じている将軍足利義昭も京を追われた。

自分の芝居をリアルタイムでテレビで観るのは拷問に近い。自分の声を録音で聞くと、(こんな声じゃない！) と激しい違和感を覚えるものだが、その違和感の拡大ビジュアル版。こんな顔じゃない！　こんな目じゃない！　こんな鼻じゃない！　こう書くと、一体お前はどれだけ自分を美化していたんだと言われそうだが、とにかく自分と認めたくないのだ。しかもそいつは演技をしている。そしてどう贔屓目《ひいきめ》に見ても下手だ。同じ画面に映っている他の俳優さんたちと、演技のレベルが違う。

何度観ても直視出来ない。知り合いの俳優の中には、自分の出ているシーンだけを編集で繋いで、何度も繰り返し観ている人もいるが、とても僕には無理。もちろん役者を生業としてやっていくには、自分の演技を観て研究することは重要だと思う。そういう意味でもやはり僕には役者は向いていないようだ。

とは言え大河ドラマに出るなんて一生に一度のことなので、毎回オンエアは観るようにはしていた。義昭の出番が今までで一番多かった幕府滅亡の回は、舞台の千秋楽と重なっていたので、ビデオに録《と》って夜中に観た。

現場に慣れて来た頃なので、楽しそうに演じているのが分かる。カメラは役者の内面まで写す。怖いですね。役者が不必要に緊張してしまうと、その緊張が良くない形で画面に出てしまう。だからこそ現場の雰囲気作りは大事。勉強になりました。
この回で嬉しかったのは、鎧《よろい》を着られたこと。大河に出るからには、一度くらい鎧姿を体験してみたい、とプロデューサーにお願いしていたのだ。
僕が身に着けたのは大鎧である。去年（二〇〇五年）の「義経」で鶴見辰吾さん扮する平宗盛が着ていたものらしい。二年連続で宗盛・義昭が着けたとなると、ほとんど呪われた鎧である。当主がこれを着たら必ずその家は滅びる。もちろん本物ではないが、全重量は三十キロを超えるという本格的なものだ。まさに着るというより、合体すると言った方がいい。スタッフの方が数人がかりで着けてくれた。すべて装着するのに優に半時間はかかった。

着けてみてまず思ったことは「これなら勝てる！」。なんというか、自分に不死身の力が宿ったような気分なのだ。これは着た人間でないと分かりません。例えて言うならベンツに乗った時のあの安心感に近い。とにかく、ここまでがっちりガードされれば、絶対負けるような気がしないのだ。中世の時代に戦が続いた原因の一つは、この鎧にあったような気がした。それにしてもあれは勘違いします。イケイケの感じがするもん。いやあ、いい経験をしました。

さて幕府は滅亡したけど、足利義昭の出番はまだ残っている。本能寺の変で信長が死んだという報《しら》せを受け、雨の中を狂喜乱舞するシーン。かなり鬼気迫るものになっています。

公演パンフレットより

プロフィールおよび公演データは、編集部で作成しました本来、文章を書くのは苦手です。脚本は台詞だから別。日記もつけたことないし、手紙もほとんど書きません。メル友もいないし。もっともこれは筆無精というよりは、友達自体が少ないせいですが。このエッセイも、人に頼まれてしぶしぶ書き始め、五年経った今も、なかなか慣れずに、いまだに（ちょっとだけ）しぶしぶ書いています。

そんなわけで、台本以外の文章は出来るだけ書かないようにしているのですが、たまに知り合いの俳優さんのために、公演パンフレットなどに寄稿することがあります。大抵は事務所の方からの依頼ですが、お世話になった皆さんなので、そういう場合は、出来るだけ書くようにしています。

今回の「ボーナストラック」は、そういった文章を集めてみました。

読み返して気づいたのは、僕は東京ヴォードヴィルショーと松本幸四郎一家について、一体どれだけ書けば気が済むのだろうか。実はほかにもあったのですが、あまりにも多いので、若干割愛してあります。それだけお付き合いが長いということなのでしょうか。

それ以外は、ほとんど網羅したつもりですが、もしかしたら抜けているものがあるかもしれません。僕は自分の原稿を取っておかないので（台本もしかり）、正確なところが分からないのです。いちいち覚えてないし。今回も事務所の杉浦さんが、このために方々のパンフレットから掻き集めてくれました。もしこれを読んで「自分のものが抜けている」と思った俳優さん、他意はありませんので、許して下さい。

何度も何度も「恩返し」
東京ヴォードヴィルショーと佐藤B作さん

佐藤B作
一九四九年二月十三日生まれ。福島県出身
大学在学中から演劇活動を開始、一九七三年、ミュージカル「宝島」で東京ヴォードヴィルショーを旗揚げ。座長として劇団を牽引する一方、外部舞台公演、映画、ドラマ、バラエティなどでも幅広く活躍している。

節目節目でB作さん

東京ヴォードヴィルショー「竜馬の妻とその夫と愛人」（作・三谷幸喜、二〇〇〇年十月二十六日～二〇〇一年一月二十五日・本多劇場ほか）公演に寄せて。

今から二十年ほど前、大学の仲間たちと劇団を旗揚げしました。当初の団体名はニール・サイモンの芝居のタイトルをそのまま頂いた「サンシャインボーイズ」。これに、当時から既にコメディーの老舗劇団として名だたる存在だった「東京ヴォードヴィルショー」から「東京」の二文字を貰って、「東京サンシャインボーイズ」となりました。

本多劇場で「ショウ・マスト・ゴー・オン」を上演した時、佐藤B作さんが観に来られました。作品を気に入って下さったB作さんは、「東京ヴォードヴィルショー」にホンを書かないかと誘ってくれました。劇団以外に書き下ろすのは初めての経験でした。

その時のご縁で、僕が初めて書いた二時間ドラマ「君たちがいて僕がいる」にB作さんは「明智光秀」役で友情出演してくれました。

初めて書いた連続ドラマ「振り返れば奴がいる」にも、B作さんは病院の相談員役でレギュラー出演。そして僕が初めて監督した映画「ラヂオの時間」にもほんの二カットだけ特別出演。

そういえばB作さんが出ていたTVバラエティー「欽ちゃんの週刊欽曜日」の人気コーナー「欽ちゃんバンド」は、少年時代の僕に音楽の楽しさを教えてくれました。その時の思いが高じて僕は今年、初ミュージカル「オケピ！」を作りました。

何が言いたいかと言えば、僕の人生の節目節目には、ことごとくB作さんがかかわっているということなのです。

僕が「東京ヴォードヴィルショー」に書き下ろした作品は、すべてB作さんへのご恩返しの気持ちから生まれたものです。

「にくいあんちくしょう」「その場しのぎの男たち」、そして解散記念公演だと騙《だま》されて書いた「アパッチ砦の攻防」。

そして今回。「東京ヴォードヴィルショー」に書き下ろすのは、これで最後になります。どんなに凄《すご》い作品になっても、もうこれ以上誘わないと、B作さんは約束してくれました。だから今回、僕は力が入っているのです。きっと「ヴォードヴィル」と佐藤B作さんの代表作になるはず。

これは僕の恩返しの集大成なのです。

貫禄のない五十代バンザイ

東京ヴォードヴィルショー30周年記念公演「その場しのぎの男たち」（脚本・三谷幸喜、二〇〇三年十月十一日〜二〇〇四年三月十四日・本多劇場ほか）に寄せて。

「その場しのぎの男たち」の製作発表のお祝いコメントでも喋ったんですが、僕が東京ヴォードヴィルショーに台本を書くと言うと、僕の周囲の見識ある人たちは皆、口を揃えて反対するんですよ。もう少し仕事を選んだ方がいいんじゃないかとか、どうしてあそこの劇団ばかりにホンを書くんだとか、佐藤B作に弱みを握られているのかとか。僕としても、自分の劇団を休団しておいて、人の劇団にホンを書き下ろすのは、人の道に反するようで、気が引けるのは確かなんです。

それでもどうして書くのかといえば、それはもうB作さんの人柄に惑わされているとしか言いようがない。あの人は不思議な方で、会って話をすると、なぜか「この人のために何かしたい」と思ってしまうんです。そういう魅力、あ、魅力という言葉はなんだか気持ち悪いな、「パワー」があるんですよね。弱みを握られているわけはなくて、B作さんの喜ぶ顔が見たくて、僕はホンを書く。

あとはヴォードヴィルには、佐渡稔さんという大好きな俳優さんがいるのも大きいかな。決して演技派ではないし、どちらかというと、舞台上の佐渡さんはすごく緊張しているように見える。いっぱいいっぱいな感じ。ベテランなのに。でもそこがいいんです。役者佐藤B作にも言えることなんですが、ヴォードヴィルのお年寄りメンバーは、皆さん、「出来上がった」感がまったくしない。そこが凄い。人間、さすがに五十代を過ぎれば、どんなにふにゃけた奴でも、多少は貫禄も出て来るもんじゃないですか。でもB作さんにも佐渡さんにもそういうところがまるでない。芸歴は驚くほど長いのに、未だに舞台に立っている姿が初々しい。それが人間としていいことなのか悪いことなのか分からないけど、とにかく僕はそこに惹かれるのです。だから、佐渡稔という役者が信じられないほど活躍する「その場しのぎの男たち」という作品が、僕は大好きです。

これからもヴォードヴィルにホンを書くのかと言われたら、正直、もう書きたくないなあ。でもB作さんにはもう一本約束しちゃったし。あと、他の劇団員の方たちも、これだけ一緒にやっていると、だんだん情が移ってきて困るんですよね。いつも初老メンバー中心の話になってしまうので、いつかは若手の人たち（まあ、若手といってもそんなに若くはないんだけど）中心のホンも書いてあげたいなあなんて、ふと思ってしまい、いけないいけない、これ以上深入りしたらえらいことになると、身を引き締めるわけです。三十周年おめでとうございます。

「竜馬の妻」再び

東京ヴォードヴィルショー「竜馬の妻とその夫と愛人」（作・三谷幸喜、二〇〇五年十月八日～十一月二十九日・紀伊國屋ホールほか）公演に寄せて。

この作品は、僕が東京ヴォードヴィルショーと佐藤B作さんのために書いた、たぶん四本目の作品です。この劇団との付き合いも十年以上になります。そんなに好きな劇団でもないのに、ここまでやってきた理由はただひとつ。僕が劇団をやっていた時に、まだまだお客さんも少なくて、こんなに面白いものを作っているのにどうして世間は見向きもしないんだろうと悶々《もんもん》としていた時に、一番最初に認めてくれたのがB作さんだったから。僕の周りの人や家族たちは皆、早くあの人たちとは手を切りなさいと進言してくれるけど、それがあるから、僕はまたB作さんと仕事をするのです。でも今思えば、あの時、別に認めてくれなくてもよかったのになあ。B作さんとの出会いがなくても、遅かれ早かれ誰かが認めてくれていたような気がするんだよな。

愚痴はこの辺にしておきましょう。

「竜馬の妻とその夫と愛人」は数年前に映画になりました。最初に映画化の話が上がった時、僕は映画の関係者に言いました。「この作品はヴォードヴィルのために書いたホンなので、まずB作さんの許可を貰って下さい」。いろんな経緯があって、結局僕が直接B作さんに交渉することになりました。

B作さんは、新しいキャストで行きたいという製作側からの要望を知り、「自分が主演じゃなけりゃ映画化は絶対認めない」と言いました。なんて小さな男なんだろう、と思いました。確かに自分が一から作り上げた役を、他人に演じられるのは気持ちのいいものではありません。でもそこをグッと堪えて、「おう、三谷君の好きにしなさい」と言うのが、格好いい大人というものではないですか。僕はがっかりしました。

その一言で映画化の話は頓挫しました。でもその日の夜中、B作さんから電話が。打って変わって哀しげな声でした。「なんだかさあ、俺、あの後、自分が無性にイヤになっちゃってな。大人げなかったわ。やっぱり三谷君の好きにしていいよ」。電話の向こうのB作さんはちょっと酔っ払っていて、そしてちょっと涙声でした。

こういう人なんです、B作さんは。あまりに格好悪い。でもだからいいんです。だから彼とまた仕事がしたくなるんです。格好いい大人なんてクソ食らえです。

あの時、僕は電話でB作さんに言いました。「映画になれば、作品の知名度も上がる。いつかヴォードヴィルが再演する時には、きっと映画でこの作品を知った人たちも観に来てくれますよ。これは悪い話じゃない。むしろ儲け話だ、B作さん」「うん、そうだな、俺もそう思う」。彼は電話の向こうで嬉しそうに頷いていました。

そして、その時言っていた「再演」というのが今回というわけです。

＊毎回、くどいように「これが最後」と書いています。それにしてもB作さんと、こんなに長いお付き合いになるとは思ってもいませんでした。やはり僕にとっては恩人の一人。今度新作を書いて演出もすることになっていますが、たぶんこれが最後だと思います。

「見果てぬ夢」を追う家族
松本幸四郎さん、松本紀保さん
市川染五郎さん、松たか子さん

松本幸四郎

一九四二年八月十九日生まれ。東京都出身

一九四六年に初舞台ののち、市川染五郎を経て、一九八一年に九代目松本幸四郎を襲名。歌舞伎以外にも、一九七〇年に単身でブロードウェイに招かれ、「ラ・マンチャの男」を日本人で初めて英語で主演したのをはじめ、舞台・映画・テレビなど、多方面に才能を発揮している。

松本紀保
一九七一年十月十五日生まれ。東京都出身
一九九三年に演出家デヴィッド・ルヴォーのワークショップに参加後、一九九五年の「チェンジリング」で初舞台。同年、「葵上／班女」で本格的にデビュー。以来、舞台を中心に活動を展開、高い評価を得ている。

市川染五郎
一九七三年一月八日生まれ。東京都出身
一九七九年、三代目松本金太郎を名乗り、初舞台。二年後に「忠臣蔵・七段目」力弥ほかで七代目染五郎を襲名。正統派立役を輩出する高麗屋にあって、やわらかい上方系の立役、女形まで幅広くこなす一方、現代劇でも活躍する逸材である。

松たか子
一九七七年六月十日生まれ。東京都出身
一九九三年、歌舞伎座「人情噺文七元結」のお久役で初舞台。翌九四年、ＮＨＫ大河ドラマ「花の乱」で日野富子の少女時代を演じてデビュー。以来、女優としてのみならず、歌手として、エッセイストとして、多彩な活動を展開している。

僕のささやかな自慢

松本幸四郎さん「ラ・マンチャの男」（二〇〇〇年四月五日〜五月二十八日・日生劇場）出演に寄せて。

僕が「ラ・マンチャの男」のプログラムに文章を載せるのは、これで三回目になります。初めて書いた時に、冗談のつもりで「これは連載エッセイです」と担当の方に言ったら、本当に公演の度に執筆依頼が来るようになりました。

そんなわけで、これまで僕と松本幸四郎さんとの繋がりについて、あれやこれやと書いて来ましたが、さすがに三回目となると、もう書くことがなくなりました。

高校生の時に観たNHK大河ドラマ「黄金の日日」で、市川染五郎という役者のファンとなり、大学の面接試験の前日に観た「ラ・マンチャの男」に打ちのめされ、大学時代に「アマデウス」を観、いつの日か「松本幸四郎」でホンを書かせて下さいと神に祈り、その願いをテレビドラマ

「王様のレストラン」で果たし、しかもその時のご縁で「バイ・マイセルフ」を書き、シアターナインスの旗揚げにかかわることが出来、さらに続く「マトリョーシカ」では、作・演出までしてしまった私……。

今思えば、仕事を依頼する時の幸四郎さんのあまりの強引さにうれしい反面、正直、何度か頭を抱えたこともありました。あの方は何かを思いついたら、猪突猛進するタイプ。「見果てぬ夢」に向かって突き進むと言えば聞こえはいいですが、はっきり申し上げて、こっちの都合を全然考えない。

それでも、結局引き受けてしまうのは、やはりあの方の人間的魅力に惹《ひ》かれて、というのが大きいような気がします。

「マトリョーシカ」で、僕はある戯曲賞を頂きました。あの作品では、既に染五郎さんが紀伊國屋演劇賞の個人賞に選ばれていて、僕はそれに続く受賞でした。

そのことが新聞に載ると、その日のうちに幸四郎さんから電報が届きました。キティちゃん電報でした。文面は今でも覚えています。

「受賞おめでとうございます。僕も何か欲しいなあ」

この茶目っ気。あの松本幸四郎が「僕も何か欲しいなあ」ですよ。これにはぶっ飛びました。思わず「あんた、もういっぱい、賞貰ってるだろ」と一人突っ込みを入れたくなるほど。

松本幸四郎とはそんな人です。

その「マトリョーシカ」の稽古の時です。四月の半ばで、稽古場もかなり暑かったので、僕は腕まくりをしていました。僕は学生の頃から腕の毛が濃くて、普段はあまり腕を出さないのですが、あの稽古場では、よく肘《ひじ》のところまで袖をめくっていました。

最後の通し稽古が終わった後、幸四郎さんと僕は、公演初日に向けての意気込みを語り合いました。すると幸四郎さんが突然、僕の腕を見ていきなりこんな発言を。

「その腕、誰かに似てると思ったら、菊田先生だ。先生も同じような腕をしていました」

菊田先生というのは、もちろん、菊田一夫さんのこと。そして幸四郎さんは、腕の毛の話から始まって、菊田一夫さんの思い出を語って下さいました。どうやら僕と菊田先生にはいくつかの共通点があるそうで。

台本の上がりが遅いこと。腕の毛が濃いこと。……結局、その二つだけでしたが。

でも僕は嬉しかった。たとえ二つだけでも、演劇界の神様、菊田先生に似てると言われることが、僕のような若輩者にとってどれだけの励みになるか。あの松本幸四郎が、僕に菊田一夫の姿をだぶらせたんですよ！

結局は、二人とも、たまたま腕の毛が濃かっただけのことかも知れないけど、僕にはその事実が、宝物のように思われてなりませんでした。そして、そんなステキな話を、稽古の最終日に、さり気なく教えてくれる幸四郎さんの温かさ。

松本幸四郎とは、そういう人なんです。

さて今年、僕は松たか子さんをヒロインに迎えて、オリジナルミュージカルを上演します。これで、僕は紀子夫人以外の幸四郎一家全員と仕事をすることになりました。

それが今の僕のささやかな、そして大きな自慢です（となると、次は紀子夫人か？　舞台デビューの際はぜひ、声を掛けて下さい）。

親子でない親子

シアターナインス
一九九七年、松本幸四郎により、歌舞伎でもない、ミュージカルでもない、現代日本の創作劇上演を目的とした演劇集団として設立。第一回作品は三谷幸喜作「バイ・マイセルフ」。
シアターナインス結成五周年記念「夏ホテル（HOTEL SOMMER）（二〇〇一年四月三十日～五月二十七日・パルコ劇場）公演に寄せて。

シアターナインス、五周年。といっても皆さんの中にはピンと来ない方もいらっしゃるのではないでしょうか。だって幸四郎さんたちは、その前からお芝居をずっとやってらしたわけだし、そもそもあの一家は、それよりもずっと昔からあったんだし。五年前、幸四郎さんが「旗揚げだーっ」とおっしゃっている時も、横で僕なんかは「何がどう旗揚げなんだろう」と、いまひとつ不思議な気分でいたものです。

ただ、僕個人としては、あの日幸四郎さんのご自宅に呼ばれて、お寿司をご馳走になりながら、栄えあるシアターナインスの第一回公演の台本執筆を依頼され、緊張と興奮のあまり、スケジュールも確認せずに承諾してしまい（そのために後で多方面にご迷惑を掛けることになったのですが）、しかもそこへ帰って来られた紀保さんを妹さんと混同して「お久しぶりです」と口走ってしまい、その直後に、初対面だったことに気付いて愕然となった、あの日からもうそんなに歳月が流れたのかと思うと、感無量といったところです。

僕のささやかな自慢は、幸四郎さんと染五郎さんと紀保さんとたか子さんという、空前絶後の俳優一家を、全員もれなく演出した、今のところ世界で唯一の演出家ということです。これであと紀子母の主演ミュージカルを演出すれば、まさにロイヤルストレートフラッシュ。

幸四郎さんという役者の凄さについては、あえてここで書く必要もないでしょう。

染五郎さんはまさに苦悩の人です。「マトリョーシカ」で、幸四郎さんと演技バトルを繰り広げた彼は、毎日ヨレヨレになりながらも（これは比喩ではなく本当にヨレヨレになっていた）、最後まで見事に闘い抜いた姿は、まるで白い『あしたのジョー』のようでした。

紀保さんの貪欲なまでの探求心。芝居のダメ出しを聞いている時の彼女は、一学期はじめの頃の女子高生のようで、その真剣な眼差しが印象的でした。ちょっとでも下手なことを口にしたら、（なによ、その程度のことしか言えないの？）と、手の内を見透かされそうで、ドキドキしたのを覚えています。

そして今回、シアターナインス初登場の松さん。松さんとは「オケピ！」でご一緒させて頂きました。稽古場の彼女は、暇さえあれば差し入れのお菓子ばかり食べていて、真剣に芝居に取り組んでいる感じがまったくしないにもかかわらず、陰ではもの凄く頑張っている（見たことはないけど、たぶん絶対頑張ってるはず。そうでなきゃ、あんなに歌が上手になるわけがない）。なんてしたたかな人なんだ、あなたは。僕はあえて彼女に「松したたか子」の称号を進呈したいと思います。

「マトリョーシカ」の稽古場で、染五郎さんや紀保さんと丁丁発止に渡り合う幸四郎さんの姿は、今でも忘れられません。あの時の幸四郎さんには、こんな小僧っこどもに負けてたまるか、舞台に上がったら親も子もねえんだっという気迫が満ち溢れていました。だったらなにも親子でやらなくたっていいのに、と一瞬思いはしたけれども、それは大間違い。肉親だからキャスティングしたのではなく、力のある若い役者を集めたら、たまたま肉親だったということ（そんなバカなとお思いの方も、ナインスの稽古場を一度でも覗いてみれば納得するはずです。そこには「ファミリー」という言葉から連想される、ほんわかムードは一切ありません）。その辺の意識が幸四郎さんの中にしっかりあるからこそ、きっとシアターナインスはここまでやってこられたんだろうなあと、つくづく思うのです。

この度は本当におめでとうございます。

育ちの良い野生児

松たか子さん「ラ・マンチャの男」(二〇〇二年七月三十一日～八月三十日・帝国劇場)出演に寄せて。

今から五年ほど前になります。真田広之さんとオリジナルのミュージカルを作ろうということになり、僕らは表参道の和食屋さんに集まりました。ストーリーも決まらないうちからキャスティングは誰にしようなんて話をしていると、どっちが言い出したか忘れましたが、松たか子さんを引き入れたら面白いんじゃないかということになりました。「行動力の人」真田広之は、早速彼女の携帯に電話。すると二時間後、松さんは自分で車を運転して、たった一人でフラリとお店に現れました。松さんとはテレビドラマの現場でお会いしたぐらいで、普段着の彼女を見るのは初めて。そのあまりの気取りのなさに、唖然《あぜん》としたのを覚えています。

その時の僕らの会合は、やがて「オケピ!」という作品となって実を結ぶことになります。

あの作品で松さんは、オーケストラの男性ミュージシャンを翻弄するハーピスト「東雲さん」を演じました。

稽古場の彼女は、「無防備」とか「無頓着」といった表現がぴったり。こっちが勝手に抱いている「松たか子」像をことごとく崩してくれました。一対一でダメ出ししている最中に、僕の目の前で、Ｔシャツの中に手を入れてお腹《なか》をぽりぽり掻いた女優は、はっきり言って彼女だけです。いちご大福を食べていると、「あ、私にも一口下さーい」と寄って来て、僕の手の中のいちご大福にいきなりかぶりつくと、全体の三分の一を食い千切り、呆然と佇む僕を尻目に嬉しそうにスキップで去って行った女優も、今のところは彼女だけ。どこまでも自然体。どこまでもフリーダム。それはそれでとても魅力的ではありましたが。僕はそんな彼女に「育ちの良い野生児」の称号を密かに与えました。

「オケピ！」といえば、稽古中にこんなことがありました。立ち稽古も煮詰まったある日、気分転換にエチュードをやろうということになりました。まあ、エチュードと言うか、ほとんど遊びみたいなものですが。

テーマは「説得」。場所は公園という設定です。演者は、たまたま通り掛かった男（小林隆が演じました）に、一定時間に自分の持っている鞄を渡す。決まっているのはそれだけ。あとは自由。どんな手を使ってもいいから、とにかく鞄を渡す。これがやってみると結構難しい。真剣にやらないと、まず小林は受け取ってくれません。見ず知らずの人にいきなり鞄を渡されるんですから、よほどその言い分に説得力がなければ、彼は怪しんで逃げて行ってしまう。すべては演者のアイデアと、演技力に掛かっているわけで。

例えば布施明さん。彼はベテランカメラマンという設定で挑戦しました。鞄の写真を撮りに来たが、人手が足りないので手伝って欲しい、ついては自分はカメラを覗いているから、その鞄を持って木の下に立ってくれと、いささか強引ではあるけど、かなり説得力のある設定で（布施さんがやるから、これが口のうまいカメラマンに見えるんです）、まんまと小林に鞄を持たせることに成功しました。

さて松さんですが、こういったエチュードめいたことは経験がなかったようで、最初は正直、戸惑っていた様子。一度目のトライでは、自分の中で設定が定まらないまま始めてしまい、思うように話が転がらず、小林も頑《かたくな》に鞄を受け取ろうとしないので（彼もこういう時はなかなか意地が悪い）、結局タイムオーバー。悔しそうな彼女の表情が忘れられません。休憩を挟んで二度目の挑戦となりました。

この時の彼女は凄かった。苦し紛れとは言え、彼女は頑張りました。松さんが考えたのは、鞄の販売をやっている父親の会社が倒産し、借金返済のために家族全員で鞄を売り歩いているという、物凄い設定。通りすがりの小林隆に、彼女はいきなり泣き付き、体ごとぶつかり、色仕掛けで迫りました。つまり彼女は、彼女以外には誰も真似出来ないこと、そう、「松たか子」であることを最大限に利用し、小林をメロメロにし、鞄を売りつけ、おまけに代金まで貰ってしまったのです。小林はいまだに、「あの時、彼女は本気でオレに惚《ほ》れていた」と悲しいことをほざいています。それほど、あの時の彼女はすさまじかった。稽古場の野生児が、「女優」にスイッチングした瞬間でした。

「オケピ！」で松さんが演じたハーピストは、清純なお嬢さんというイメージとは裏腹に、実際は男なしでは生きていけない、淋しい女性。世間のイメージと本当の自分とのギャップに悩むという役どころは、「ラ・マンチャの男」のアルドンサにも繋がるテーマです。現に僕はあの時、現代のアルドンサのつもりであの役を書いたし、松さんにもそんな話をした記憶があります。その彼女が、今度はまさにアルドンサを演じるとは！　なんという「先見の明」。

といった自画自賛の言葉をもって、この文章を終わらせて頂きます。

苦境に強い、色白のカリスマ

市川染五郎さん「三国一夜譚」（二〇〇五年二月一日～二十五日・博多座）出演に寄せて。

染五郎さんは不思議な人です。

彼と仕事をするのが、僕はとても楽しい。彼のためにまたいつかホンを書きたいと思うし、一緒に稽古場で芝居を作る日が早く訪れることを、今も心待ちにしています。そう思っている人は多いのではないでしょうか。一度彼と組んだ人は、必ずまた一緒に仕事をしたくなる。染五郎さんは、そういう人。

でも誤解しないで下さい。彼は決して親分肌ではありません。僕の方が一回り上なので（干支《えと》は一緒です）、ひょっとしたら気を使って遠慮しているのかも知れないけど、僕の知っている彼は、ごくごく控えめな青年です。色白だし、大人しい。

打ち合わせの時は、大抵は、何が嬉しいのか分からないけど、終始ニコニコしています。イニシアチブを取り、率先して話を進めていくようなことは決してしません。むしろ聞き役に徹している。どちらかといえば頼りない感じですらあります。

でも、僕らは知っているのです。彼が、ここぞという時は、強いリーダーシップを発揮するということを。どんな苦境に立たされても、決して諦めないということを。

だから人は彼を信じ、彼に付いていくんだと思います。だって彼と一緒に仕事をして、裏切られることは絶対にないから。少なくとも僕は一度もない。

そして舞台に立った時の彼には、何にも代えがたい「カリスマ」がある。それを知っているからこそ、いくら普段の彼が、大人しい色白青年だったとしても、僕らは安心して運命共同体になれるのだと思います。

そんなわけで、僕はきっとまた、彼と仕事をすることになるのでしょうね。

＊その後も松さんには映画に出て貰ったし、染五郎さんとは新作歌舞伎を作り、この一家との繋がりは、現在も続いています。我が家には、僕が幸四郎さんの、妻が松さんの顔マネをして、並んで写した、ニセ幸四郎ファミリーの写真があります。

理数系、論理の人　益岡徹さん

一九五六年八月二十三日生まれ。山口県出身
一九八〇年、仲代達矢主宰の無名塾に入塾し、舞台を中心に活動をはじめる。一九八八年、映画「マルサの女2」の新米査察官役で注目を集め、以来、舞台、映画、ドラマなどで幅広く活躍している。
「チュニジアの歌姫」（一九九七年一月十九日〜二月二日・本多劇場）出演に寄せて。

益岡さんは「論理の人」です。僕は、緻密な台本を書く作家として一般的ですが、実際はそんなことなくて、かなり大雑把な書き方をしています。ほとんど勢いで書いていると言ってもいい。だからよく役者の本読みの最中、辻褄の合わない台詞を見つけては、一人冷や汗をかいているわけです。そんな時、必ず指摘して来るのが益岡さんです。

「ここの会話なんだけど、僕の中ではどうも矛盾しているんだよね」

そういう時の益岡さんの目はとても恐い。

益岡さんはとても論理的な芝居をされる方です。益岡さんの芝居はいつもビシッと筋が通っています。人間の持つ曖昧な部分も、ちゃんと筋の通った曖昧さで演じてくれます。俳優に文化系と理数系があるなら、益岡さんは間違いなく後者のタイプでしょう。

しかし益岡さんは、「論理の人」であるにもかかわらず、よく稽古で、突然意味不明の動きをしては、共演者を笑わせます。これが謎なんです。まったく自己矛盾を起こさないのだろうか。不思議だ。あの人、本番でも時々やるし。でもまあ、そういうところもひっくるめて、僕は、益岡さんという俳優さんをこよなく愛しているわけですが。

それから、これはあまり知られていないことなのですが、益岡さんにはダイアローグライターとしての才能があります。稽古中に、益岡さんはよく僕のところへ来て、こんなことをおっしゃいます。

「僕のこの台詞なんだけどね、例えばこういう風に変えてもいいかな。そうすると、とても言いやすいんだけれども」

作家としては、自分の書いた台詞をいじられるのは、あまり嬉しいことではないのですが、しかし益岡さんが直してきた台詞は、これが必ずといっていいほど、面白いのです。これは悔しい。どうしてこんな愉快な台詞をあの男が思いつくんだ。でもいいか、お客さんは僕が書いたものだと思ってくれるし、と自分を慰めたことが何度あったことか。

そういうわけで益岡さんには、僕は足を向けて寝られないんです、実は。それじゃなくても、益岡さんには、他にも大きな借りがあるわけですし。その借りのことについては、又どこかで書きます。

＊益岡さんには、僕が初めて書いた深夜ドラマに出て頂いてます。初めて書いた二時間ドラマにも出て貰いました。天使の役でした。舞台「巌流島」で、急遽、佐々木小次郎役を引き受けて頂いたご恩は一生忘れません。

なんて熱心なんだ　松金よね子さん

一九四九年十月二十二日生まれ。東京都出身
一九六二年、テアトル・エコーでデビューののち、劇団東京乾電池へ。その確かな演技力と明るいキャラクターで、舞台のみならず、映画、ドラマ、バラエティーなどで個性ゆたかな存在感を発揮している。
「お気に召すまま」（一九九九年六月十日〜七月十日・博品館劇場ほか）出演に寄せて。

松金さんほど稽古熱心な女優さんを僕は知りません。東京ヴォードヴィルショーに僕が書き下ろした「アパッチ砦の攻防」というお芝居に、松金さんは客演で出演されていました。稽古場を観に行ったら、もう最初から最後まで質問攻めです。稽古が終わっても、彼女の攻撃は終わりません。鞄を持って帰ろうとする僕を呼び止めると、今度はいきなり自主稽古が始まりました。

「ここはこういう風に演じた方がいいんでしょうか。それともこんな感じで?」

繰り返し繰り返し、僕の前で何パターンもの芝居を演じてみせる松金さん。そんな彼女を見ながら僕は思いました。

「なんて熱心な人なんだろう、そしてなんて勝手な人なんだろう」

松金さんといえば思い出すのが、稽古場で、どういう流れでそういう話になったのかは忘れましたが、松金さんがこんなことを言い出しました。

「草刈正雄さんの本名は稲刈正雄さんていうんですってね」

僕を含めてその場にいた人たちが、冗談だと思って笑うと、松金さんは真っ赤になりました。

「本当なのよ。確かな筋から聞いたんだから」

誰も信じようとはしませんでした。彼女の説によれば、草刈さんは、稲刈ではあまりに彼の外見のイメージに合わないので、どうもデビューする時に草刈に変えたらしい。

「だってそうじゃないと、『草刈』にする必然性がないでしょう」

だけどこれはよく考えると理屈に合いません。そもそも「草刈」が芸名であるかどうかがまず分からないし。百歩譲って芸名であったとしても、「草刈」という名前にする理由は山ほどあるわけですから。

しかし結局、僕らは、松金さんの話を信じることにしました。理屈に合わなくても、松金さんがそう言うなら、きっとそうなんだろう、そんな雰囲気が、その場にはありました。額に青筋を立てながら、必死に「本名稲刈説」を唱える松金さんは、それほど可愛らしかったのです。まるで熱病にうなされる少女のように、チャーミングだったのです。

家に帰って『タレント名鑑』を開いてみると、草刈正雄氏の本名は草刈正雄でした。しかし、これだって何かの間違いかも知れない。いつか草刈さんにお会いしたら確かめてみようと思っていますが、たとえ本人が「僕は稲刈じゃありません」とおっしゃったとしても、それは本人が知らないだけ。本当は稲刈正雄なんだと、僕は思うようにするつもりです。

だってしょうがないじゃないですか。松金さんが、そう言うんですから。

＊「アパッチ砦の攻防」の初演には、松金さんは出ていません。再演の時に、ホンを全面改訂し、松金さんのために新しく役を作りました。彼女のおかげで、何十倍も作品が面白くなったと思っています。そういえばこの間、草刈正雄さんにお会いする機会があったのですが、真実を聞き出すのを忘れてしまいました。

母のような、姉のような　宮本信子さん

一九四五年三月二十七日生まれ。北海道出身
一九六三年、文学座附属演劇研究所に入所。翌六四年、劇団青芸に入団し、別役実作「三日月の影」で初舞台。映画「お葬式」「タンポポ」と伊丹十三監督作品に出演し、「マルサの女」から「スーパーの女」まで、多彩な役柄を好演、圧倒的な存在感を示す。最近では、ジャズシンガーとしても活躍している。
「あげまん」（二〇〇〇年六月二日～二十六日・中日劇場）出演に寄せて。

僕にとって宮本さんは母のような存在です。

宮本さんは僕のことを弟だとおっしゃってますけど。

妻と二人で宮本さんが出演されている「雪やこんこん」を紀伊國屋ホールへ観に行った時のことです。

芝居が終わった後、楽屋にご挨拶に伺いました。宮本さんは僕を見つけるや否や、中途半端に

メークを落とした状態の顔で、バババーッと駆け寄って来られました。幕が降りた直後でかなりのハイテンションになっていた宮本さんは、いきなりすごい力で僕に抱きつくと、ムンギュと僕の手を握り締めました。そして矢継ぎ早の質問攻撃。

「どうだった、面白かった？　ねえ、楽しかった？　どうだった？」

不安と興奮が入り混じった宮本さんの表情はとてもチャーミングです。

「宮本さん、凄く艶っぽかったですよ」

そう言うと、彼女はホッとしたように顔をくちゃくちゃにして微笑みました。

「ホント？　艶っぽかった？　嬉しいわ」

涙ぐんでいるようにも見えました。宮本さんとは去年、僕の芝居を観に来て下さった時以来、約半年ぶりの再会でした。でも彼女は、まるで三十年ぶりに肉親に会ったような興奮ぶり。芝居を観に行って、ここまで喜ばれたのは初めてでした。

「ありがとう、来てくれて。嬉しかった、グスン」

そして今度は妻の方を向き、

「初めまして宮本です」

と、戸惑う妻の手を取って握手を交わしました。完全に舞い上がっていた宮本さんは、妻に会うのは二度目なのをすっかり忘れていたようです。

「前に一度会ってますよ」

すかさず僕が言うと、あっと宮本さんは叫んで、その場で身をよじらせて笑い出しました。まるでサザエさんのワンシーンを見ているような瞬間でした。

宮本さんはそんな人。しっかりしているようで、頼りなくて、とんちんかんで、僕のような若輩者でさえ、つい手を差し伸べたくなってしまうような人。

もうお分かりでしょう。彼女は、実は僕にとって母でもなければ、姉でもないのです。

そう、僕の歳の離れた妹なのです。

＊僕が映画を作るたびに、宮本さんからはダメ出しの電話を頂きます。だいたいはキツいことを言われます。その時はへこみますが、まさにそれは「母」なればこその愛ある言葉。感謝しています。いつか宮本さんに「まいった」と言わせる作品を作りたいものです。

いじめられても　斉藤由貴さん

一九六六年九月十日生まれ。神奈川県出身
一九八四年に「第3回ミスマガジン」でグランプリを受賞。翌八五年、「卒業」で歌手として、「スケバン刑事」で女優として、デビュー。以来、歌手、女優としてはもちろん、エッセイストとしても活躍、多才なところを見せている。
「フレンズ」（二〇〇一年十月二十七日〜十一月十一日・ル テアトル銀座ほか）出演に寄せて。

由貴さんは何かというと僕のことを
「沖縄のモンチッチ」とか呼んでいじめるけど、
僕は全然気にしていないよ。
僕がふざけたことを言うと、
いつも軽蔑したような目で睨《にら》みつけるけど、

僕は全然平気です。
だって、ホントは僕のこと大好きだって、知ってるから。
物凄く好きでしょ、僕のこと。
たぶん家族の次ぐらいに。
分かる、分かる。
だからいじめるんだよね。
女心って不思議だね。
それに、由貴さんは時々いいことを言う。
去年、「オケピ！」を観に来てくれた時、
あなたが言った言葉、僕は一生忘れません。
「三谷さん、前に進んでるよね」
ひょっとしたら「前進してるよね」だったかも知れないし、
「変化してるよね」かも知れない。
忘れちゃった。
でも、そんな感じのことです。
そしてあなたはこう付け加えました。
「私も頑張らなくちゃ」って。

これは覚えている。
それは僕にとって、最高の励ましの言葉になりました。
というわけで、僕は頑張ってますから、
そっちも頑張って。

＊ちょっと恥ずかしい文章ですが、これはメールを題材にした由貴さんの芝居に合わせて、こういう文体になっているわけです。近所のスーパーでばったり会って以来、しばらく顔を見ていませんが、由貴さんとは不思議に、いつもどこかで繫がっている気がします。前世で何かあったのでしょうか。

一筋縄ではいかない青年　山本耕史さん

一九七六年十月三十一日生まれ。東京都出身
モデルとしてはゼロ歳のときから、その後、子役としても活躍。一九八七年、「レ・ミゼラブル」初演の少年ガブローシュ役で本格的な芸能活動を開始。芝居はもちろん、歌、ダンスと三拍子そろった若手実力派として、舞台、ドラマ、映画などで幅広く活躍している。「tick,tick...BOOM!」（二〇〇三年六月十二日～七月三日・アートスフィアほか）出演に寄せて。

山本耕史さんは、まったくもって一筋縄ではいかない男だ。
あのルックスだから、一見、好青年に見える。「繊細でナイーブで色白な現代青年」というのが、とりあえずのパブリックイメージ。私も会うまではそう思っていた。ところが実際の彼は、確かに色白だが、想像していたより遥かに男臭くて硬派。そしてどういうわけか、いつもふて腐れていた。

第一印象は最悪。演出家とぶつかった話も聞いた。確かにこっちが真剣な話をしていても、彼の目はいつも笑っているので、馬鹿にされているようで、むかつく。ところがしばらく付き合ってみると、それが誤解だったことが分かる。

機嫌が悪そうに見えたのは、実は照れの裏返し。目元が笑っているように思えたのは、目が垂れているから。一度相手に心を閉ざしてしまうと、二度と開かない頑固な一面もあるが、実際の彼は、シャイで控えめで、やたら手品がうまい、クレバーな色白青年だ。彼とぶつかった演出家は、おそらく、そんな彼の本質をまるで理解出来なかった大馬鹿野郎。

まったく一筋縄ではいかない男だ、山本耕史。しかし、一筋縄ではいかないがゆえに、まわりまわって結局山本耕史は、見た目通りの分かりやすい男とも言えるのだ。

＊実を言うと、プライベートでもっともお世話になっているのが、彼。夜遊びにも連れて行ってくれたし、メールのやり方を教えてくれた。マジックもいくつか伝授してくれました。山本耕史はもっともっと化ける役者だと思っています。僕の夢は、彼のスタンレーで「欲望という名の電車」を演出すること。

努力家で質問魔　小橋賢児さん

一九七九年八月十九日生まれ。東京都出身
一九八八年、子役として「パオパオチャンネル」でデビュー。二〇〇一年、NHK連続テレビ小説「ちゅらさん」で注目され、幅広い人気を集める。以来、テレビに、映画に、舞台にと、めざましい活躍をつづけている。
「若き日のゴッホ」（二〇〇三年十月一日〜十三日・日生劇場、十八日〜二十六日・大阪松竹座）出演に寄せて。

小橋さんは努力家です。

「オケピ！」というミュージカルで一緒に仕事をした時のことですが、彼のソロナンバーというのが、かなりの難曲で、稽古の最初の頃は、彼はずいぶん苦労していたようでした。

ところが稽古の中日あたりから、突然、彼の歌声に変化が現れた。

声の伸びが格段に良くなり、不安定だった音もしっかり取れるようになった。

毎日、確実に上達していく彼を見るのは、稽古の楽しみの一つでした。

そして本番では見事に歌いこなす小橋さんがいました。

一つの公演で、これほど進化を遂げた俳優さんを僕は知りません。

彼は努力家であるがゆえに、質問魔でもあります。

稽古場では、とにかく質問が多い。

台本の解釈に対する疑問や、ここの台詞の時はこう動いてみたいんですけど、といった提案。

とにかくいろいろ聞いてくる。

休憩時間に他の俳優さんにダメ出しをしていると、妙に背中のあたりに視線を感じる時がある。

そんな時は、必ずどこかで小橋さんが僕を見ています。

あの仔犬のような顔で、僕が話し終わるのをじっと待っているのです。

正直、ちょっと煩わしいと思った時もありました。

でも、彼の質問はいつも的確だし、それで僕自身が気づいたことも沢山あり、実はすごく助かっていたのです。

ただ、お願いなんですが、ところ構わずやって来て話しかけるのはやめて欲しい。

思いついたら一刻も早く質問したいのは分かるけど、もう少し場を読むように。

缶ジュースの自動販売機に小銭を入れた瞬間に質問されると、

話している間に時間切れになって小銭が戻って来ちゃうんだよ、何度も何度も。そういう時は、僕がボタンを押して、出てきたジュースを手に取ったのを確認してから、質問するようにして下さい。

＊見かけによらず、かなり男気のある人だと僕は踏んでいます。役者にはじっと仕事を待つタイプと、自分から仕掛けていくタイプがいますが、小橋さんはたぶん後者。ちょっとだけお酒の席で話す機会があったのですが、いろいろ考えていることがあるみたい。僕らはまだ本当の小橋賢児を知らないのかも知れません。

清々しい二枚目　谷原章介さん

一九七二年七月八日生まれ。神奈川県出身
「メンズノンノ」専属モデルを経て、一九九五年、映画「花より男子」でデビュー。以来、ドラマ、映画、舞台をはじめ、バラエティー番組の司会や、ＮＨＫ「中国語会話」のレギュラーとしても活躍している。
「コーカサスの白墨の輪」（二〇〇五年一月三十日〜三月十日・世田谷パブリックシアターほか）出演に寄せて。

俳優谷原章介が二枚目であることに異議がある人は、まずいないでしょう。ただし彼と、同世代の数多の「イケメン」俳優との間には大きな隔たりがあります。大抵の役者はナルシストです。もちろん自分を見せる仕事だから、それは当然のこと。

しかし谷原さんは、数少ない非ナルシスト系の役者です。会うまでは、もっと「自分大好き」光線をビンビン放っているタイプかと思ってましたが、実際の彼は、隙だらけで、他人の視線をまったく気にしない青年でした。

その自意識の薄さが、つまりは彼の魅力なのだと思います。だからこそ、どんなクセのある役でも、僕らは彼の演技に、独特の清々しさを感じるのではないでしょうか。そのくせ、ここぞと言う時に見せてくれる演技巧者の側面。大河ドラマ「新選組！」における、伊東甲子太郎（谷原章介）と近藤勇（香取慎吾）との対決シーンはまさに圧巻でした。その緊迫感はただ事ではなく、まるで歴史の動く瞬間をこの目で見ているような錯覚に捕らわれました。

やれば出来る谷原章介。

とは言いつつも、ドラマの打ち上げに大道具さんのような格好で飄々《ひょうひょう》とやって来る、まったく役者っぽくない彼もまた、とても魅力的な男なのですが。

＊僕と谷原さんは誕生日が一緒なので、毎年その日（七月八日）になると、電話で「おめでとう」と言い合っています。最近までは家も近所だったので、何度か姿を見かけました。ぼおっと歩いていました。僕もよくぼおっと歩いています。七月八日生まれの特徴なのでしょうか。

「知性」と「痴性」を持つ役者　小日向文世さん

一九五四年一月二十三日生まれ。北海道出身

一九七七年にオンシアター自由劇場に入団。「異説のすかい・おらん」で初舞台を踏み、「もっと泣いてよフラッパー」「上海バンスキング」などに出演。一九九六年の劇団解散以降は、舞台のみならず、映画やテレビなどにも活動の場を広げている。

「ミザリー」（二〇〇五年六月三日～七月三日・シアターアプルほか）出演に寄せて。

小日向さんの言葉で、とても印象に残っていることがあります。

「俺さあ、頭がすっごくいい役と、反対にすっごく悪い役とが、いつも交互に来るんだよ。でね、腹が立つのが、初めて仕事する人は、必ず俺を頭のいい役で使ってくれるんだけど、二回目からは大抵逆の役なんだよ。なんでかなあ」

言われてみれば確かに僕の場合もそうでした。最初に出て貰ったのは、テレビドラマの「古畑

任三郎」。小日向さんの役は、「冷徹で頭の切れる棋士」でした。次がミュージカルの「オケピ！」。この時は一転して、能天気でおバカなピアニスト役。凄い落差です。

僕にとっての役者小日向文世との出会いはオンシアター自由劇場の「もっと泣いてよフラッパー」。もう遥か昔、大学生の頃です。この芝居を観て自分も劇団を作ろうと決心したくらい、僕にとって大事な作品。この時の小日向さんは、架空の国の純粋無垢な皇太子役でした。素晴らしかった。哀愁があってコミカルで、しかも動きにキレがあって、まるでチャプリンとキートンを足して二で割ったような存在感でした。

それから沢山の小日向さんを舞台で観てきました。そしてあれだけ「フラッパー」の印象が強かったにもかかわらず、今、ステージの小日向さんを振り返ると、真っ先に浮かんで来るのは、なぜか白いスーツがビシリと決まった知性派の優男。例えば「浅草パラダイス」のジゴロ垣内伸介。危険な魅力満載で、やけに格好良かった。

たぶん小日向文世さんは、この両極とも言うべき二つのイメージを、常に併せ持っている役者さんなんでしょう。さらに言えば、「冷たさ」と「温かさ」、「大らかさ」と「したたかさ」、「知性」と「痴性」といった、人間の持つ二律背反な要素が、同時にそして無数に混在している。だから二度目には大抵おバカな役を振られるというのも、一見インテリに見えるけど、実際会ってみるとその逆だったなどという、そんな単純な問題ではないのです。

そして僕は次の仕事で、小日向さんに飛び切り頭のいい、「切れ者」をやって貰うつもりでいるところです。

＊一度だけ小日向さんのお宅に遊びに行ったことがある。自由劇場時代のヨーロッパ巡業の様子を収めたドキュメンタリーを見せて貰った。あの劇団のファンとしては嬉しかったが、想像より遥かに長く、既に夜中を回っていたので、申し訳ないけどコヒさんが酔っ払って寝ている間に、後半部分を早送りしてしまいました。今度、改めて観に行きます。

不器用だけど一途な男　甲本雅裕さん

一九六五年六月二十六日生まれ。岡山県出身
一九八九年から九四年まで、東京サンシャインボーイズに在籍、「12人の優しい日本人」「彦馬がゆく」「ショウ・マスト・ゴー・オン」「ラヂオの時間」など全作品に出演。在籍中から映画やテレビでも活躍、今後がますます期待される。
「信長」（二〇〇六年一月二日〜二十七日・新橋演舞場、二月一日〜二十六日・大阪松竹座）出演に寄せて。

正直言って、役者甲本雅裕の演技の幅は非常に狭いと思う。「不器用だけど一途な男」。何を演じても、だいたいそんな感じである。僕の劇団にいた時もそうだった。何をやらせても、結局は「不器用だけど一途な男」になってしまう。しかしながら、ここで断言させてもらうが、「不器用だけど一途な男」を演じさせれば、彼は日本一なのである。幅なんか狭くていいのである。なぜ日本一なのか。それは彼自身が日本一「不器用だけど一途な男」だからである（たぶん）。なに

しろ彼ほど、すべてにおいて一生懸命な男を僕は知らない。なおかつ、どん臭い男を僕は知らない。熱い男を僕は知らない。温かい男を僕は知らない。たぶん彼はこの文章を読んで、こっそり泣くと思うが、彼はつまりそんな男なのである。だから雅裕の演技は人の心を打つのである（但しあまりに不器用で一途な故に、劇団時代は、やたら舞台上でコケてはセットに激突していた。それだけが心配です）。

＊付き合いが長いので、僕は「マサヒロ」と名前で呼んでいます。岡山から上京して来て、同郷の梶原善の紹介で、僕の劇団に参加しました。初舞台で一心不乱にサンバを踊った姿は今も目に焼きついています。お兄さんの甲本ヒロト氏には「ＴＨＥ有頂天ホテル」で劇中歌を作って貰いました。マサヒロは自分は出てないので、きっと悔しかったと思う。次、よろしく。

おっさん臭さと軽妙さと　市川亀治郎さん

一九七五年十一月二十六日生まれ。東京都出身
一九八〇年に「義経千本桜」安徳帝で初お目見え、一九八三年に「御目見得太閤記・戻駕色相肩」の禿《かむろ》たよりで初舞台。父は四代目市川段四郎、伯父に三代目市川猿之助。古典から復活狂言、新作まで、さまざまなジャンルで才能をきらめかせる、目の離せない若手俳優のひとり。
「第五回亀治郎の会」（二〇〇六年八月四日〜六日・国立小劇場）に寄せて。

初めて亀治郎さんに会った時は、「ずいぶん落ち着き払った、おっさん臭い青年だなあ」という印象でした。

僕が芝居のホンを書く時、大抵は「当て書き」です。つまり役者さんに「当てて」書くということ。初めての歌舞伎「決闘！高田馬場」の場合は、稽古初日に三分の一しか台本が出来ていませんでした。なにしろ市川染五郎さん以外は、僕にとって全員が初顔合わせ（中村勘太郎さんは

大河ドラマには出て頂きましたが、舞台は初めてでした）。もちろん大まかなストーリーはありましたが、残りの三分の二は、稽古をしながら作っていくつもりでした。その方が、役者さんに合わせた台詞を書くことが出来るし、彼らの魅力をより引き出せると思ったからです。それが新作歌舞伎を作る醍醐味だと思いますし、元来、歌舞伎の座付き作者って、そういうものですし。

稽古場で作っていくわけですから、役者さんによっては、最初の設定からどんどん変わっていくこともありました。役者の持つ「能力」と「魅力」が作者のイメージを凌駕《りょうが》した時、そのパワーはストーリーすら変えてしまうのです。

亀治郎さんが、そうでした。

彼の演じる「小野寺右京」という侍は、実直ではあるが無骨で融通の利かない、真っ直ぐな男。染五郎さん演じる主人公の堀部安兵衛を優柔不断なだらしない男にしたので、それとは対照的なキャラクターとして、この右京という男を設定しました。国立劇場の楽屋で亀治郎さんに初めてお会いした時のイメージも、幾分かはその中にあったのかも知れません。

ところがです。稽古を重ねていくうちに、あることに気づきました。彼が真面目に演じれば演じるほど、そこには不思議と「おかしみ」が漂うのです。何気なく書いた台詞も亀治郎さんが言うと、おかしくて仕方がない。武士であることに誇りを持ち続ける右京と、周囲とのズレから生じる笑いは、もともと僕が想定していたものですが、それを亀治郎さんは敏感に察知し、右京の人間像に、こちらの予想を超えた広がりを持たせてくれました。

普段の亀治郎さんも実際に話してみると、最初の印象とずいぶん違っていました。そのおっさん臭い風貌の裏に、かなり軽妙で洒脱《しゃだつ》な部分を持ち合わせていることが分かりました。自分は潔癖症なので外出先では決して排便はしないと、真剣に語る亀治郎さんは、文句なくおかしい。あまり感情を表に出さない彼は、いわゆるポーカーフェイスですが、何か面白いことを言う時は、必ず直前に眉のあたりがピクっと動くのが特徴です。

潔癖症。神秘的なものに対する造詣《ぞうけい》の深さ。世界の滅亡を予言する男。自宅に瞑想室《めいそう》を持っている（らしい）。彼のことを、奇人として見る人もいるでしょうが、僕にはあえて「奇人」を演じているようにも見えました。

それはともかく、亀治郎さんのおかげで、「小野寺右京」は大変貌を遂げました。ただの生真面目な侍は、生真面目ゆえにおかしくて、切ない、人間味溢れる男になりました。

芝居の後半、勘太郎さん演じる大工の又八が、地面に釘をばらまくシーンがありました。稽古場でその場面を見ていて、思いつきで亀治郎さんに「そこで釘を踏んでみて貰えますか」とお願いしました。もちろん実際に釘はありませんから、まく勘太郎さんの芝居もマイムだし、踏む亀治郎さんの動きもマイムです。彼はその場に走り込んで来て、物凄い勢いで釘を踏み、「あ、痛っ」と叫んでくれました。それがあまりにも面白かったので、それ以降、右京はやたら釘を踏むキャラクターになりました。釘の数も三本だったのが、五本になり、六本になりました。ちょっと多すぎたので、一本減らして五本で定着しました。踏み方も、ただ単に踏むのから、踏まないように注意しつつ踏むとか、踏んだのに踏んでないフリをするとか、様々なバリエーションが生まれました。踏んだ後のリアクションも、ただ痛がるだけではなく、踏むまいと思っていたのに踏んでしまい、そんな自分が嫌になりつつぐっと我慢するとか、そういった細かい感情の機微まで、彼は表現してくれました。

ちなみに本番でも、亀治郎さんの釘踏みは大評判。同時期にシアターコクーンで上演していた「東海道四谷怪談」に染五郎さんが飛び入り出演した日、先に僕らの芝居を観に来て下さった勘三郎さんが、やたら舞台上で釘を踏む芝居をしてみせていたことからも、亀治郎さんの釘踏みが、いかに面白く、インパクトがあったか分かるというものです。

稽古が中盤に差し掛かった頃のこと。前半部分で、亀治郎さんの右京が三十分近く登場しない箇所があることが判明しました。既に彼の面白さは十分分かっていたので、こんなにもったいないことはないと、本人と相談、せっかくだから女形もやって貰おうということになりました。こうして二役目、安兵衛を恋い慕う「堀部ホリ」が誕生しました。

さらに、稽古が終わった後の飲み会で彼がつぶやいた「本当は自分はバカ殿がやりたかった」という一言から、それまでは名前しか出て来なかった敵ボスの村上庄左衛門を登場させ、亀治郎さんに演じて貰うことにしました。これで三役目。こうしてクライマックスでは、亀治郎さんの三役と、染五郎さんの二役、勘太郎さんの二役が入れ替わり立ち替わり登場する、怒濤の早替わりシーンが誕生しました。

書き始めた時には、考えもしなかった展開でした。「決闘!高田馬場」はまさに稽古場で生まれた作品。役者さんたちと一緒に作り上げた作品でした。そして、そのきっかけを与えてくれたのが、亀治郎さんでした。

素晴らしい役者さんと出会えたと思っています。そして座付き作家として、これほど幸せなことはありません。

(そう言えば、人類の最後が近づいていると力説する亀治郎さんに、予言の書を頂いたことがありました。読まないと叱られそうなので必死に読破し、彼に感想を伝えると「そうですか、僕はまだ読んでないんです」と言われました。素晴らしい役者さんだとは思いますが、自分の読んでない本を人に進呈するのだけはやめて欲しい)

＊「決闘!高田馬場」の公演中、劇場のあるビルの地下の本屋さんで、開演前によく会いました。彼はだいたい精神世界のコーナーで立ち読みをしていました。

実は、亀治郎さんには、演じて欲しい歴史上の人物がいます(武田信玄ではありません)。その人のことを描いたマンガをプレゼントしました。今、彼はそれをトイレで読んでいるそうです。

本書収載期間の仕事データ

●映画「THE有頂天ホテル」
二〇〇六年一月十四日より、全国東宝系にて公開
製作／フジテレビ・東宝
脚本・監督／三谷幸喜
出演／役所広司、松たか子、佐藤浩市、香取慎吾、篠原涼子、オダギリジョー、麻生久美子、YOU、生瀬勝久、戸田恵子、角野卓造、浅野和之、近藤芳正、寺島進、川平慈英、堀内敬子、梶原善、石井正則（アリtoキリギリス）、原田美枝子、唐沢寿明、津川雅彦、伊東四朗、西田敏行ほか

●テレビドラマ「新選組!! 土方歳三最期の一日」
二〇〇六年一月三日放映
製作／NHK
作／三谷幸喜
演出／吉川邦夫
出演／山本耕史、片岡愛之助、吹越満、照英ほか

●テレビドラマ「古畑任三郎ファイナル」
製作／フジテレビ・共同テレビ
脚本／三谷幸喜
演出／河野圭太
出演／田村正和、西村雅彦、石井正則（アリtoキリギリス）、小林隆ほか
二〇〇六年一月三日放映
第1夜「今、甦る死」
ゲスト／石坂浩二、藤原竜也
二〇〇六年一月四日放映
第2夜「フェアな殺人者」
ゲスト／イチロー
二〇〇六年一月五日放映
第3夜「ラスト・ダンス」
ゲスト／松嶋菜々子

●舞台「12人の優しい日本人」
二〇〇五年十一月三十日〜十二月三十日、パルコ劇場（東京・渋谷）

二〇〇六年一月六日〜一月二十九日、梅田芸術劇場シアター・ドラマシティ（大阪・梅田）
プロデュース／株式会社パルコ
企画／株式会社コードリー
作・演出／三谷幸喜
出演／浅野和之、石田ゆり子、伊藤正之、江口洋介、小日向文世、鈴木砂羽、筒井道隆、生瀬勝久、温水洋一、堀内敬子、堀部圭亮、山寺宏一

●歌舞伎「決闘！高田馬場」
二〇〇六年三月二日〜二十六日、パルコ劇場（東京・渋谷）
製作／松竹株式会社
企画／株式会社パルコ
作・演出／三谷幸喜
出演／市川染五郎、市川亀治郎、中村勘太郎、市川高麗蔵、澤村宗之助、松本錦吾、市村萬次郎

初出・朝日新聞二〇〇五年四月六日〜二〇〇六年四月五日

三谷幸喜（みたに・こうき）
一九六一年生まれ。脚本家。おもな舞台作品に「12人の優しい日本人」「笑の大学」「オケピ！」、テレビ作品に「古畑任三郎」「新選組！」など、映画監督作品に「ラヂオの時間」「みんなのいえ」「THE有頂天ホテル」がある。また、おもな著書に『オンリー・ミー』『気まずい二人』『三谷幸喜のありふれた生活』『三谷幸喜のありふれた生活2　怒涛の厄年』『三谷幸喜のありふれた生活3　大河な日日』『三谷幸喜のありふれた生活4　冷や汗の向こう側』、和田誠との共著に『それはまた別の話』『これもまた別の話』がある。

三《み》谷《たに》幸喜《こうき》のありふれた生活《せいかつ》5
有頂天《うちょうてん》時代《じだい》

二〇〇六年九月三〇日　第一刷発行

著　者　三谷幸喜
発行者　花井正和
発行所　朝日新聞社
編集・書籍編集部　販売・出版販売部
〒一〇四—八〇一一　東京都中央区築地五—三—二
電話・〇三—三五四五—〇一三一（代表）
振替　〇〇一九〇—〇—一五五四一四
印刷所　図書印刷

ISBN4-02-250215-0
定価はカバーに表示してあります

三谷幸喜の本

三谷幸喜のありふれた生活

女優の妻&2匹の猫&愛犬とびとの暮らし、松たか子、真田広之、ビリー・ワイルダーなど一流の人たちとの出会い……。人気脚本家の素顔が満載。　四六判

三谷幸喜のありふれた生活2　怒涛の厄年

本番直前の主役交代、元気な母の入院、大学時代からの友の死……。人気脚本家はいかに厄年をのりきったか、笑いと涙の奮戦記。　四六判

三谷幸喜のありふれた生活3　大河な日日

「オケピ！」の大成功、大河ドラマ「新選組！」、愛犬とびと愛猫ホイ……。非凡な脚本家の愉快な毎日。香取慎吾との特別対談つき。

四六判

三谷幸喜のありふれた生活4　冷や汗の向こう側

結婚指輪を紛失!?　腰の激痛で「新選組！」の脚本を降板!?　ハプニングつづきの大好評連載第4弾！　和田誠×清水ミチコの特別対談つき。

四六判